U0107683

律原 主编

育德教师资格证考试培训中心 主审

教师资格证考试
教育心理学考点解析

清华大学出版社

北京

内 容 简 介

本书严格依据教育部颁布的教师资格证考试大纲,结合北京教师资格证考试指定教材,由多年从事教师资格证教育心理学培训的专家编写。本书对教师资格证考试中教育心理学考试大纲中规定的考点逐一进行了细致深入的分析和讲解。同时指明了每个考点的常考题型并辅以真题或相应的习题。

本书各章都包括"考试大纲、考试内容及考点分析"和"模拟试卷与解析"两个模块。第一个模块是根据考试大纲和相关教材对考试中涉及的知识点逐一进行讲解和分析,并根据情况有选择地配备典型试题和真题;第二模块是根据历年考试真题精心编写的模拟试卷,供考生复习和考前冲刺使用。

本书能够使考生系统、准确、快速地掌握教师资格证教育心理学考试中涉及的所有知识点。本书适用于申请小学、初中、高中、职业中学、中专教师资格的教师资格证考试。

图书在版编目(CIP)数据

教师资格证考试教育心理学考点解析/律原主编. —北京:清华大学出版社,2012.1
ISBN 978-7-302-27059-1

Ⅰ. ①教…　Ⅱ. ①律…　Ⅲ. ①教育心理学－教师－资格考试－自学参考资料
Ⅳ. ①G44

中国版本图书馆 CIP 数据核字(2011)第 205048 号

责任编辑:魏江江　战晓雷
责任校对:时翠兰
责任印制:王秀菊

出版发行:清华大学出版社　　　　　　　　地　　址:北京清华大学学研大厦 A 座
　　　　　http://www.tup.com.cn　　　　邮　　编:100084
　　　　　社　总　机:010-62770175　　邮　　购:010-62786544
　　　　　投稿与读者服务:010-62795954,jsjjc@tup.tsinghua.edu.cn
　　　　　质　量　反　馈:010-62772015,zhiliang@tup.tsinghua.edu.cn

印 装 者:三河市金元印装有限公司
经　　销:全国新华书店
开　　本:170×240　印　张:12.75　字　数:255 千字
版　　次:2012 年 1 月第 1 版　　印　　次:2012 年 1 月第 1 次印刷
印　　数:1~5000
定　　价:29.50 元

产品编号:044557-01

前 言

FOREWORD

具有教师资格证是获得教师职位的前提条件,教师资格证考试是国家实行的一种法定的职业许可制度。教师资格是国家对专门从事教育教学工作人员的基本要求,是中国公民取得教师职位的必备条件。教育部发布了 2011 年工作要点,在该文的第三部分"深入推进教育体制改革,认真组织开展教育改革试点"中,提到教师资格考试和定期注册改革试点工作,深化教师管理制度改革,建立国标、省考、县聘、校用的教师职业准入和管理制度。《教师资格条例》明确提出,非师范类专业毕业的人员取得教师资格证,必须通过"教育学"和"教育心理学"考试。为了帮助广大考生顺利通过考试,我们根据教育部人事司和教育部考试中心联合制定的《教育学考试大纲》和《教育心理学考试大纲》,编写了这套教师资格认证考试辅导用书。

该系列教材由育德教师资格证培训中心编写,从我们多年了解的情况来看,如果没有经过系统、科学的学习和培训,而想顺利通过教师资格证考试中教育学和教育心理学的考试是比较困难的。有鉴于此,我们特别编写了《教师资格证考试教育学考点解析》和《教师资格证考试教育心理学考点解析》。这两本辅导教材是本着对考生负责的态度,严格以国家教育部制定的考试大纲和相关教材为依据,并结合育德多年培训所积累的丰富经验精心组织编写的。本套丛书为广大考生指出了教师资格证考试中的重要知识点和对应的考试题型,让考生能够迅速了解并掌握教师资格证考试中规定的基本知识、原理和技能,并且对考试的基本题型和答题技巧做到心中有数。

本丛书的每章都包括以下两个模块:

一、考试大纲、考试内容及考点分析模块

二、模拟试卷与解析模块

其中,第一模块是根据考试大纲和相关教材对考试中涉及的知识点逐一进行讲解、分析,并根据情况有选择地配备了典型的试题和真题;第二模块是根据历年考试真题精心编写的模拟试卷,供读者复习和考前冲刺使用。

本丛书具有 4 个特点:

一、专业实用:结合育德教师资格证培训中心多年从事教师资格证考试培训的实际教学经验，真正从考生的实际需求出发，做到理论与实践相结合，切实提高备考效率。整套教材专业、实用、高效，填补了市面上缺乏有关教师资格证考试的应试辅导的空白。

二、内容全面：在编写本书过程中，我们尽力将所有的考点，与考点相关的背景、评价等内容都呈现出来，并且尽可能地结合历年考试真题，以保证内容全面。

三、结构清晰：在编写这本书的过程中，我们尽力通过思维导图方式来呈现考核的知识点。将原本需用大量文字来表达的知识点结构用图表来呈现，使考生更容易掌握。

四、紧扣大纲：本书围绕考核大纲的基本逻辑框架展开，但内容的呈现绝不死板地照搬大纲的框架。从学习者学习过程与知识呈现的内在逻辑出发，对大纲的部分顺序进行了调整，期望能帮助考生更顺畅地学习。

希望广大考生能够借助本丛书在较短的时间内通过自身的努力顺利通过教师资格证考试，获得成为一名人民教师的资格。也预祝有志于从事教师职业的广大考生早日成为一名光荣的人民教师，为我国的教育事业做出自己的贡献。

由于编者水平所限，本书一定还存在许多问题，希望得到广大读者的批评指正。预祝广大考生顺利通过考试。

读者服务电话：010-62056787

网站：http://www.bjydedu.com

育德教师资格证培训中心

目 录

CONTENTS

第1章

教育心理学概述

1.1　本章考核知识点分析

【本章考核目标】

1. 了解教育心理学的研究对象与发展历程；了解教育心理学的研究原则与方法。

2. 理解教育心理学的研究内容与意义。

1.1.1　教育心理学的研究对象与内容

1. 教育心理学的研究对象

教育心理学的研究对象有宽泛定义和非宽泛定义两种。宽泛定义认为：教育心理学的研究对象是教育过程中的种种现象；而非宽泛定义仅将教育心理学的研究对象限制在**学校教育情境**中。即：

教育心理学是研究**学校教育情境中学与教及其互动的过程**中产生的心理现象及其心理规律的科学。

考点分析　此知识点通常以填空题或辨析题的形式进行考查。考生应明确教育心理学的非宽泛定义，并清楚教育心理学的研究涉及学习与教学两方面的过程。可能的考题如下。

填空题

教育心理学是研究_____中学与教及其互动的过程中产生的心理现象及其心理规律的科学。

解答与分析：本题较简单，主要考核教育心理学非宽泛的研究范围，应填入"学校教育情境"。

辨析题

教育心理学是研究学校教育情境中教师教学过程中产生的心理现象及其心理规

律的科学。

解答与分析：此题错误。教育心理学既研究学习过程也研究教学过程，还包括评价和反思过程。

2. 教育心理学的研究内容

1）学与教所涉及的要素

如图 1-1 所示，学习与教学主要涉及 5 个要素：学生、教师、教学内容、教学媒体和教学环境。下面对这 5 个要素进行详细分析。

（1）学生：学习的主体。要清楚学生差异包括个体差异和群体差异。

个体差异：包括学生的智能发展水平、原有知识起点水平、学习方式、兴趣和需要等方面的个体差异。

群体差异：包括年龄、性别和社会文化差异等。

注：无论个体差异还是群体差异都是教育心理学研究的范畴。

图 1-1　学与教所涉及的要素

（2）教师：教学的主体，是教学和学习互动过程的指导者。

（3）教学内容：指教学大纲、教材和课程等，是在"学"与"教"互动过程中有意传递的主要信息部分。

（4）教学媒体：教学内容的载体，是教学内容的表现形式，是师生之间传递信息的工具。

（5）教学环境：包括物质环境和社会环境两个方面。

考点分析　　学习与教学所涉及的要素通常以选择题、填空题或简答题进行考察。考生应明确教与学所涉及的 5 个要素和相关知识。考题举例如下：

① 下面不属于学生之间的群体差异的是（　　）。

A. 年龄　　　　　B. 性别　　　　　C. 社会文化差异　　　　　D. 智力发展水平

解答与分析：智力发展水平属于学生的个体差异，故此题应该选"D"。

②＿＿＿＿＿＿＿是教学活动的主体，是"学"与"教"互动过程的指导者。

解答与分析：此题较为简单，应填入"教师"。

2）学与教所涉及的过程

学习与教学主要涉及 3 个过程：学习过程、教学过程和评价与反思过程。

（1）学习过程

学习过程是学生在学校情境中通过与教师、同学、教学媒体、教学内容相互作用获得教学信息，主动建构自己的知识、技能和态度的过程。

如图 1-2 所示,在复习"学习过程"的概念时,应掌握美国心理学家加涅提出的学习过程所涉及的 8 个阶段:①动机阶段(预期);②选择阶段(注意、选择性知觉);③获得阶段(编码与存入);④保持阶段(记忆存储);⑤回忆阶段(检索);⑥概括阶段(迁移);⑦作业阶段(反应);⑧反馈阶段(强化)。括号中为每个阶段所对应的心理过程。

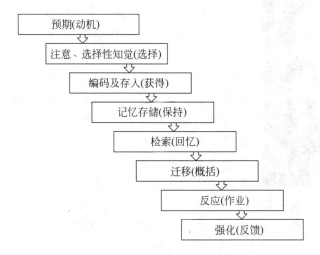

图 1-2　加涅提出的学习过程模式

（2）教学过程

教学过程是教师使用教学媒体传递教学内容的过程。这个过程包括教学设计、组织教学活动、师生信息交流和教学评价 4 个组成部分。

（3）评价与反思过程

评价和反思过程是指对整个教学过程(包括与学生学习的互动过程)的效果和价值进行评估,并与预期的目标进行比较和反思,以达到对教学过程和学习过程的监控和调节,提高"学"与"教"互动过程的有效性,增强教师和学生的自我效能感。

考点分析
　　　　学与教所涉及的过程通常以填空题或简答题的形式考查。考生应明确教与学所涉及的 3 个过程和相关知识。加涅提出的学习过程的 8 个阶段有可能以填空题的形式考查。可能的考题如下。

① 学习与教学所涉及的过程包括学习过程、教学过程和_____。

解答与分析:此题应填入"评价与反思过程"。

② 根据加涅的提法,与学习过程动机阶段相对应的心理过程是_____。

解答与分析:此题应填入"预期"。

人物简介

罗伯特·米尔斯·加涅
—— 教育心理学家、教育技术学创始人之一

　　罗伯特·米尔斯·加涅(Robert Mills Gagne，1916—2002)是美国教育心理学家。1916 年出生于美国马萨诸塞州北安多弗。从中学时代起，加涅就立志要学习心理学，将来做一位心理学家。1933 年，加涅进入耶鲁大学主修心理学。1937 年他又进入布朗大学攻读研究生，并改读实验心理学。1939 年和 1940 年，加涅先后获得了布朗大学的理科硕士学位和心理学博士学位。1940 年，加涅在康涅狄格女子大学任教，开始对人类学习进行研究，但因资金不足和到部队受训而中断。1958 年，他应聘到普林斯顿大学担任心理学教授，重新开始研究学习问题。

1962—1965 年，加涅在美国科研工作协会担任研究主任，还担任了加利福尼亚大学伯克利分校教育心理学教授。从 1969 年起，加涅担任了佛罗里达州立大学教育系教授。加涅在美国心理学界享有盛誉。1974 年获"桑代克教育心理学奖"；1982 年又获美国心理学会颁发的"应用心理学奖"。加涅的主要著作有：《学习的条件》(1962)、《教学设计的原理》(1969)、《知识的获得》(1962)、《学习对个体发展的贡献》(1970)、《教学方法的学习基础》(1976)、《记忆结构与学习结果》(1978)、《学习结果及其作用》(1984)和《教学的学习基础》(1988)等。加涅于 2002 年 4 月 28 日去世，享年 85 岁。2003 年 3 月 29 日，为怀念加涅，佛罗里达州立大学举办了"纪念加涅研讨会"，Robert Glaser、Dr. James、K. (Ken) Brewer、Dr. Robert Branson、Dr. Roger Kaufman、Dr. Robert Morgan 等当代著名教育心理学家、教育技术学专家及加涅的生前好友、学生等出席了这次会议。

1.1.2　教育心理学的发展历史

1. 西方的发展情况

　　教育心理学诞生于西方，教育心理学在西方的发展大致可以被分为以下 4 个阶段。

1) 初创时期(20 世纪 20 年代以前)

此时期的代表人物与代表事件如下：

(1) 赫尔巴特(德国)：第一个明确提出将心理学作为教育理论基础并付诸实施

的教育家。

（2）裴斯泰洛奇（瑞士）：提倡教育心理学化。

（3）桑代克（美国）：在 1903 年出版了世界上第一本教育心理学专著，标志着教育心理学成为一门独立的学科。桑代克也被人们尊称为"教育心理学之父"。

人物简介

桑代克

——教育心理学之父

桑代克（Edward Lee Thorndike，1874—1949）1874 年 8 月 31 日出生于美国马萨诸塞州，父亲本来是律师，后来当了牧师。桑代克在童年和少年时期其貌不扬，生性害羞、孤独，只有在学习中才能找到乐趣，也特别有学习的天赋，高中的成绩一直处在前一二名。1891 年，他进入康涅狄格州米德尔顿的卫斯理大学，主修英文。1895 年毕业时，获得了该校 50 年来最高的平均成绩。在他的自传中写道，在上大学三年级以前他不记得"听说过或见过心理学这个词"。当时他必须选一门必修课，在读了威廉·詹姆斯的《心理学原理》之后，他才对心理学产生兴趣。他去哈佛大学继续研究生学习，计划学习英语、哲学和心理学，可是，听了詹姆斯的两次课之后，他就被心理学完全迷住了。1896 年，他在哈佛大学获得另一个文学学士学位，1897 年获硕士学位。尽管对詹姆斯非常尊敬，他却选择了一个非常没有詹姆斯特色的课题"鸡的直觉及智力行为"。在后来的生活中，他说，当初的动机"主要是为了满足获取学分和毕业文凭的需要，……当时明显没有对动物的特别的兴趣。"当时詹姆斯不再搞实验心理学，但他同意了这个选题，并把他家地下室里的一块地方提供给桑代克作动物试验。

1898 年，哥伦比亚大学聘请他为大学评议员，提供给他奖学金，他在此继续完成博士学位。指导教师是詹姆斯·麦克金·卡特尔，当时这位教授正在进行通过人体测验来测量智力的研究。桑代克尽管后来也进行过精神测验，但为了完成博士论文，他只得继续进行自己的动物学习研究。他完成了著名的迷笼研究，因此获得博士学位。

桑代克在 1899 年成为哥伦比亚大学师范学院的心理学讲师，根据卡特尔的建议，桑代克把他的动物研究技术应用于儿童及年轻人，之后他越来越多地用人做测试对象，并把大量时间花在人类学习、教育心理测验等领域。除了用一年的时间去俄亥俄州克里夫兰西部保留地大学做教员之外,他一生中的其余时间都是在哥伦比亚大学师范学院度过的。他共出版了 507 种专著、专论和学术论文,这创纪录的成就,可能除了皮亚杰之外,没有其他心理学家能与之相比。他于 1949 年 8 月 9 日逝世。

2) 发展时期(20 世纪 20 年代到 50 年代末)

此时期的代表人物与代表事件如下:

(1) 20 世纪 40 年代:弗洛伊德的精神分析理论广为流传。

(2) 20 世纪 50 年代:程序教学和教学机器兴起,信息论思想被接受。

3) 成熟时期(20 世纪 60 年代到 70 年代末)

此时期教育心理学的内容和体系出现了新变化,集中表现在两个方面。

(1) 内容日趋集中,以下 7 个方面的内容得到公认:①教育与心理发展的关系;②学习心理;③教学心理;④评定与测量;⑤个别差异;⑥课堂管理;⑦教师心理。

(2) 注重结合教育实际,注重为教学服务。

4) 完善时期(20 世纪 80 年代以后)

此时期皮亚杰和维果斯基的理论以及认知科学的研究对教育心理学影响重大。1994 年布鲁纳在美国教育研究会的特邀报告中指出,教育心理学几十年的研究成果集中表现在以下 4 个方面。

(1) 主动性研究:研究如何使学生主动参与教学并拥有更多的自身心理控制;

(2) 反思性研究:研究如何使学生从内部理解所学内容的意义,对学习进行自我调节;

(3) 合作研究:研究如何使学生进行资源的共享和同伴的合作;

(4) 社会文化研究:研究社会文化对学习的影响。

考点分析　教育心理学在西方的发展史在考试大纲中为"了解"类型的知识,主要的考查形式为填空题和选择题。考生应重点掌握每个阶段的重点事件和重点人物。可能的考题如下。

① _____是第一个明确提出将心理学作为教育理论基础并付诸实施的教育家。

解答与分析:此题应填入"赫尔巴特"。

② _____被尊称为"教育心理学"之父。

解答与分析:此题应填入"桑代克"。

③ _____年,桑代克编写了第一本《教育心理学》讲义,标志着教育心理学成为了一门独立的学科。

解答与分析:此题应填"1903"。

2. 教育心理学在我国的发展情况

教育心理学在我国的发展可分为以下 3 个阶段。

1）20 世纪初至 1949 年新中国成立之前

此时期的重要事件与重要人物如下：

（1）1908 年：房东岳翻译了日本人小原又一所著的《教育实用心理学》；

（2）1924 年：廖世承编写了我国第一本教育心理学教科书。

2）1949 年新中国成立至"文化大革命"开始之前

此时期的重要事件与重要人物如下：

1963 年：潘菽主编《教育心理学》内部讨论稿。

3）"文化大革命"结束至今

此时期的重要事件与重要人物如下：

1980 年：潘菽出版《教育心理学》教科书。

考点分析 教育心理学在我国的发展史也是考试大纲中的"了解"类型的知识，主要的考查形式为填空题和选择题。考生应重点掌握每个阶段的重点事件和重点人物。可能的考题如下。

① _____编写了我国第一本教育心理学教科书。

解答与分析：此题应填入"廖世承"。

② _____翻译了日本人小原又一编写的《教育实用心理学》。

解答与分析：此题应填入"房东岳"。

3. 教育心理学的发展趋势

教育心理学发展的新趋势表现为以下 3 个方面。

（1）转变教学观念，关注教学与学习两方面的心理问题，教育心理学兴起。教育心理学的研究经历了从 S-R 范式发展到认知范式，后来又出现了建构主义理论。从研究学习的实质到探讨学生如何学习、教师如何教学并直接导致了教学心理学的提出。

（2）关注影响教育的社会心理因素。教育心理学的研究发现学习动机及教育情景中的社会心理因素对学习和教学具有重大影响。韦纳的归因理论和班杜拉的社会学习理论就是这方面的代表。

（3）注重实际教学中各种策略和元认知的研究。密切结合学习策略、教学策略、问题解决策略和元认知策略探讨提高相关学科教学有效性的问题是目前教育心理学的研究热点之一。

考点分析　　　教育心理学的发展趋势可能以简答题的形式进行考查,考生应掌握教育心理学发展的 3 个新趋势。

1.1.3　教育心理学的学科性质与意义

1. 教育心理学的学科性质

1) 教育心理学的学科性质

从学科范畴看,教育心理学既是心理学的一个分支学科,又是心理学和教育学的交叉学科。

从学科作用看,教育心理学是一门理论性和应用性兼备的学科,但教育心理学以应用为主。

从学科性质看,教育心理学是一门兼有自然科学和社会科学性质的中间科学,但教育心理学更偏重于社会科学的性质。

考点分析　　　对教育心理学的学科性质重在理解,考生应清楚教育心理学是一门以应用为主的社会科学,它是心理学的一个分支学科。本知识点的考查形式以辨析题为主。

2) 教育心理学与邻近学科的关系

(1) 教育心理学与教育学的关系:对教育学来说教育心理学具有基础理论的性质。

(2) 教育心理学与普通心理学的关系:普通心理学与教育心理学的研究对象不同,普通心理学研究的是人的心理活动,并探讨其中的一般原理和规律,而教育心理学研究的是学与教及其互动过程中的心理学规律。普通心理学对教育心理学具有基础理论的性质。

考点分析　　　对于本知识点,考生应重点掌握教育心理学与教育学和心理学的关系。考生应了解教育心理学为教育学提供了心理学依据;教育心理学是心理学的一个分支学科,是心理学在教育领域的应用。本知识点的考查形式以辨析题为主。可能的考题如下。

辨析题

教育心理学是心理学的一个分支学科,心理学和教育心理学的研究对象是相同的。

解答与分析:此陈述错误。虽然教育心理学是心理学的一个分支学科,但是二者的研究对象是不同的,普通心理学的研究对象是人的心理活动,而教育心理学的研究对象是学与教及其互动过程中的心理学规律。

2. 学习教育心理学的重要意义

学习教育心理学对于教育工作者的重要意义如下：

(1) 增加对学校教育过程和学习过程的理解；

(2) 教育心理学知识是所有教师的专业基础；

(3) 有助于科学地总结教育教学经验；

(4) 提供了学校教育、教学改革和研究的理论和方法基础。

考点分析　　学习教育心理学的意义可能以简答题的形式进行考查。

1.1.4　教育心理学研究的基本原则与方法

1. 教育心理学的研究原则

在教育心理学研究的过程中应遵循以下 4 条原则。

1) 客观性原则

客观性原则就是对心理的研究必须按它们的本来面貌加以考察，必须在教育教学活动中进行研究，必须实事求是。

2) 发展性原则

发展性原则就是要把心理现象看成一个变化发展的过程，不能静止、孤立地看待心理问题。

3) 理论联系实际的原则

在心理学研究中，要密切关注在教育教学实际活动中出现的新情况、新问题，注意从实际出发进行研究；还要发挥理论对实际的指导作用。

4) 教育性原则

在研究实验过程中应该对被试产生**积极的影响**，要避免对被试的身心发展产生伤害。

考点分析　　教育心理学研究原则中的前 3 条借鉴了马克思主义哲学中的原则，而教育性原则是教育心理学所特有的，应重点把握"对被试产生积极的影响"这一点。此知识点可能的考查形式为选择题、填空题、简答题和辨析题。可能的考题如下。

填空题

① 教育心理学研究中的"教育性原则"是指：在研究实验过程中应该对被试产生_____，要避免对被试的身心发展产生伤害。

解答与分析：此处应填写"积极的影响"。

②_____原则，就是对心理的研究必须按它们的本来面貌加以考察，必须在教育教学活动中进行研究，必须实事求是。

解答与分析：此处应填写"客观性"。

2. 教育心理学的研究方法

教育心理学的研究方法主要来自心理学，一般认为教育心理学的研究方法有观察法、实验法、调查法和行动研究法4种。

1）观察法

观察法是有目的、有计划地观察被试在一定条件下的表情、动作言语、行为的变化，并按时间顺序作出详尽的记录，然后进行分析处理，从而了解、判断其心理活动的一种方法。

观察法可以从不同角度进行分类。

（1）按观察时间分为长期观察和定期观察。

长期观察：在较长时间内对研究对象连续不断的观察。

定期观察：每隔一段时间对研究对象的观察，是一种周期性观察。

（2）按观察内容分为全面观察和重点观察。

全面观察：观察记录研究对象在一定时期内的全部行为表现，从中综合和分析其心理现象和行为规律。

重点观察：有选择地观察研究对象的某些与研究目的有关的活动。

（3）按观察者与被观察者的关系分为参与观察与非参与观察。

参与观察：观察者直接参与被观察者的活动并在活动中进行观察。

非参与观察：观察者不参与被观察者的活动，仅以旁观者身份进行观察。

（4）按观察对象分为客观观察和主观观察。

客观观察：对他人行为的观察。

主观观察：对自己行为的观察。

考点分析　考生应首先明确教育心理学中所提及的观察法与生活中所说的观察是不同的。生活中的观察可以是没有目的的，而教育心理学中的观察一定是有目的、有计划的。另外，观察法的分类依据也常常以填空、选择的方式进行考查。可能的考题如下。

填空题

观察法是_____观察被试在一定条件下的表情、动作言语、行为的变化，并_____作出详尽的记录。

解答与分析：第一个空应填入"有目的、有计划地"，第二个空应填入"按时间顺序"。

辨析题

按观察时间可以将观察法分为全面观察和重点观察。

解答与分析：此判断错误,按观察时间可以将观察法分为长期观察和定期观察。

2) 实验法

实验法是按照研究目的,有计划地严格控制或创设条件以主动引起或改变被试的心理活动,从而进行分析研究的方法。

实验法可以分为以下两类。

(1) 实验室实验法

在实验室中,借助各种仪器设备,严格控制各种条件,精密观察和记录人的行为反应或变化,根据所获资料分析研究人的心理活动的方法。实验室实验法可以研究复杂的心理现象。

(2) 自然实验法

在日常生活背景下,对人的活动中的某些条件、活动程序加以控制或改变来研究人的心理活动规律的方法。自然实验法兼有观察法和实验室实验法的优点。

考点分析　考生应重点区分实验室实验法与自然实验法的区别。由于实验室实验法严格控制了各种无关条件和干扰因素,所以由此得到的结论可以是具有因果关系的;但是对自然实验法的结论应加以谨慎对待。本考点可能的考查形式有选择题、填空题。可能的考题如下。

填空题

① _____是按照研究目的,有计划地严格控制或创设条件以主动引起或改变被试的心理活动,从而进行分析研究的方法。

解答与分析：此处应填写"实验法"。

② 实验法又分为实验室实验法和_____两种。

解答与分析：此处应填写"自然实验法"。

3) 调查法

调查法是对无法从外部直接观察到的人们内隐的心理活动进行研究或当研究的心理现象是过去出现的、长时期的行为时,通过搜集有关资料,进行数据统计分析,间接了解和研究的方法。

调查法可以分为以下两类。

(1) 谈话法

谈话法是口头调查的方法,可以通过同被试谈话或电话访问,查明和确定其某些心理特点的一种方法。在使用谈话法时应选择被试愿意回答的问题。

(2) 问卷法

研究者根据一定目的,编制一系列的问题,用书面或文字形式提出,要求被试对问题作答,然后将结果进行统计处理,文字总结,从而作出心理分析的一种研究方法。在使用问卷法时要注意取样的代表性。

考点分析　　考生应掌握使用调查法的条件,了解调查法的分类和使用时应注意的问题。比如在使用谈话法时应选择被试愿意回答的问题,并尽量掩盖问题的意图;使用问卷法时应注意取样的代表性。本考点可能的考查形式有选择题、填空题。可能的考题如下。

填空题

①_____是通过同被试谈话或电话访问,查明和确定其某些心理特点的一种方法。

解答与分析:此处应填写"谈话法"。

② 调查法是在对无法从_____到的人们内隐的心理活动进行研究或当研究的心理现象是过去出现的、长时期的行为时,通过搜集有关资料,进行数据统计分析,间接了解和研究的方法。

解答与分析:此处应填写"外部直接观察"。

4)行动研究法

行动研究法是以解决实际问题为目的的研究,旨在通过创造性地运用理论解决实际问题。

行动研究法包括计划、行动、观察和反思4个基本环节。

(1)计划:以大量事实和调查研究为前提,制订"总体计划"和每一步具体行动计划。

(2)行动:计划的实施,是行动者有目的、负责任、按计划行动的过程。

(3)观察:对行动的过程、结果、背景以及行动者的特点进行考察。

(4)反思:在研究告一段落后,要进行评价和反思,即检验原来提出的问题是否得到解决。如果已经解决,研究就结束;如果原来的问题没有解决或没有完全解决,则要进行修正,直到问题最后解决。

考点分析　　行动研究法是新兴的研究方法,也是考试的热点之一。考生应掌握行动研究法的目的和行动研究法的基本环节。本考点可能的考查形式有选择题、填空题和简答题。可能的考题如下。

填空题

① 行动研究法是以_____为目的的研究。

解答与分析:此处应填写"解决实际问题"

② 行动研究法的基本环节有计划、行动、_____和反思4个基本环节。

解答与分析:此处应填写"观察"。

1.2 本章模拟试卷及参考答案

一、选择题（每题 2 分，共 20 分）

1. 以下几项中（　　）不属于教育心理学的研究对象。
　　A. 学生的学习兴趣　　　　　　　　B. 学习动机
　　C. 教师的工作压力　　　　　　　　D. 教师的预期寿命

2. 教育心理学的诞生是在（　　）。
　　A. 1903 年　　　　B. 1913 年　　　　C. 1924 年　　　　D. 1934 年

3. 教育心理学的创始人是（　　）。
　　A. 华生　　　　　　B. 桑代克　　　　C. 布鲁纳　　　　D. 加涅

4. 1924 年我国第一本《教育心理学》教科书出版，它的作者是（　　）。
　　A. 陶行知　　　　　B. 蔡元培　　　　C. 潘菽　　　　　D. 廖世承

5. （　　）提出了"教育心理学化"的口号，（　　）提出了将心理学作为教育学的基础。
　　A. 裴斯泰洛齐　赫尔巴特　　　　　　B. 裴斯泰洛齐　赫尔巴特
　　C. 赫尔巴特　桑代克　　　　　　　　D. 赫尔巴特　福禄培尔

6. （　　）提出以程序教学及机器教学来改革传统教学。
　　A. 斯金纳　　　　　B. 班杜拉　　　　C. 桑代克　　　　D. 弗洛伊德

7. 从（　　）上将观察法分为长期观察和定期观察。
　　A. 观察时间　　　　　　　　　　　　B. 观察内容
　　C. 观察者与被观察者关系　　　　　　D. 观察对象

8. （　　）可以对无法从外部直接观察的现象进行研究。
　　A. 实验法　　　　　B. 观察法　　　　C. 调查法　　　　D. 行动研究法

9. 根据加涅对学习过程的描述，与获得阶段相对应的心理过程是（　　）。
　　A. 预期　　　　　　B. 迁移　　　　　C. 反应　　　　　D. 编码及存入

10. 下列各项中（　　）不是群体差异。
　　A. 智能发展水平　　　　　　　　　　B. 年龄
　　C. 性别　　　　　　　　　　　　　　D. 社会文化差异

二、填空题（每空 2 分，共 30 分）

1. _____是教师使用教学媒体传递教学内容的过程。

2. _____是按照研究目的，有计划地严格控制或创设条件以主动引起或改变被试的心理活动，从而进行分析研究的方法。

3. 教学环境包括_____和社会环境。

4. 教育心理学是研究_____情景中,_____过程中产生的心理现象及其_____的科学。

5. 教育心理学的研究原则包括:客观性原则、_____、发展性原则和_____。

6. 教学内容包括:教学大纲、_____和_____。

7. _____是学习过程的主体,_____是教学的主体,是学与教互动过程的指导者。

8. _____研究如何使学生主动参与教与学的过程,并对心理过程进行更多的控制。

9. 实验法包括_____和_____。

三、辨析题(每题 5 分,共 20 分)

1. 教育学和教育心理学的研究对象是一样的。

2. 学习仅可以使知识和技能得到发展。

3. 教育性原则指在研究过程中对被试产生积极性影响。

4. 谈话法应该选择被试乐于接受的话题。

四、简答题(每题 6 分,共 30 分)

1. 请简述教育心理学常用的研究方法。

2. 请简述教育心理学的研究趋势。

3. 请简述教育心理学的主要研究内容。

4. 请简述作为教师学习教育心理学的意义。

5. 请简述学习与教学所包含的主要过程。

【模拟试卷参考答案】

一、选择题

题号	1	2	3	4	5	6	7	8	9	10
答案	D	A	B	D	B	A	A	C	D	A

二、填空题

1. 教学过程

2. 实验法

3. 物质环境

4. 学校教育,学与教及其互动,心理规律

5. 理论联系实际原则,教育性原则

6. 教材,课程

7. 学生,教师

8. 主动性研究

9. 实验室实验法,自然实验法

三、辨析题

1.【错误】。教育学研究教育的本质、体制、目的、任务等;而教育心理学研究学与教互动过程及其心理规律。

2.【错误】。学习可以使知识、技能和态度得到发展。

3.【正确】。

4.【正确】。

四、简答题

1.

答:(1) 观察法:观察法是有目的、有计划地观察被试在一定条件下的表情、动作、言语、行为的变化,并按时间顺序作出详尽的记录,然后进行分析处理,从而了解、判断其心理活动的一种方法。

(2) 实验法:实验法是按照研究目的,有计划地严格控制或创设条件以主动引起或改变被试的心理活动,从而进行分析研究的方法。

(3) 调查法:调查法是通过搜集有关资料,进行数据统计分析,间接地了解和研究人的心理活动规律。

(4) 行动研究法:行动研究法是以解决实际问题为目的的研究,旨在创造性地运用理论解决实际问题。

2.

答:当代教育心理学的研究趋势主要有以下 3 点:

(1) 转变教学观念,关注教与学两方面的心理问题;

(2) 关注影响教育的社会心理因素;

(3) 注重实际教学中各种策略和元认知的研究。

3.

答:教育心理学的研究内容主要涉及 5 个要素和 3 个过程。

5 个要素是学生、教师、教学内容、教学媒体和教学环境;3 个过程是学习过程、教学过程、评价和反思过程。(每个知识点要做简要解释。)

4.

答:

(1) 增加对学校教育过程和学习过程的理解;

（2）教育心理学知识是所有教师的专业基础；

（3）有助于科学地总结教育教学经验；

（4）提供了学校教育、教学改革和研究的理论和方法基础。

5.

答：

（1）学习过程：学生在学校情境中通过与教师、同学、教学媒体、教学内容相互作用获得教学信息，主动建构自己的知识、技能和态度的过程。

（2）教学过程：教师使用教学媒体传递教学内容的过程。

（3）评价和反思过程：对整个教学过程（包括与学生学习的互动过程）的效果和价值进行评估，并与预期的目标进行比较和反思，以达到对教学过程和学习过程的监控和调节，提高"学"与"教"互动过程的有效性，增强教师和学生的自我效能感。

第2章

中小学生心理发展与教育

2.1 本章考核知识点分析

【本章考核目标】

1. 了解心理发展、自我同一性、学习准备和关键期等基本概念；了解学生智力的差异、学习风格的类型；了解埃里克森的人格发展阶段理论以及弗洛伊德的精神分析理论。

2. 理解皮亚杰的认知发展阶段理论；自我意识及其发展历程；多元智能理论；认知方式的差异及其教育含义。

3. 掌握认知发展与教学的辩证关系。

2.1.1 中小学生心理发展概述

1. 心理发展的含义

心理发展是指个体从出生、成熟、衰老直至死亡的整个生命进程所发生的一系列心理变化。

考点分析 此知识点比较简单，考生只需掌握心理发展的定义即可。此外，考生也应该了解心理发展具有从低级到高级、从简单到复杂、从量变到质变的规律。此知识点可能的考查方式为选择题和填空题。

填空题

心理发展是指个体从出生、成熟、_____直至死亡的整个生命进程所发生的一系列心理变化。

解答与分析：此处应填写"衰老"。

2. 心理发展的基本特征

1) 连续性和阶段性

(1) 心理发展的阶段性是指个体的心理发展在某些年龄阶段会因为持续发展的积累而出现某种心理特质的突发性变化或出现新的心理特征。

(2) 心理发展的连续性是指从人的一生看,发展是连续的,心理发展的各阶段并非彼此孤立,而是重叠渐进。

2) 定向性与顺序性

正常条件下,心理的发展总是遵循一定的模式,具有一定的方向性和先后顺序,不可逆,不能逾越。

3) 不平衡性

心理的发展可以因进行的速度、到达的时间和最终到达的高度而表现出多样化的发展模式。心理发展的不平衡性有两层含义:

(1) 心理的各组成成分在发展速度、发展起止时间和到达成熟的时期不同;

(2) 同一机能在不同时期具有不同的发展速率。

4) 差异性

个体的心理发展总要经历一些共同的发展阶段,但是存在发展起止时间有早晚、发展速度有快慢、最终水平和优势领域也不相同的差异。

考点分析　　心理发展的基本特征是考试大纲中的"了解"类知识点。考生应掌握心理发展的 4 个基本特征。此知识点可能的考查形式为选择题、填空题和简答题。

3. 心理发展的教育含义

1) 学习准备

学习准备是指学生原有的知识水平或心理发展水平对新的学习的适应性。这种适应性包含以下两层含义:

(1) 在新的学习中能够获得成功;

(2) 学习时间和所消耗的精力是合理的。

学习和成熟是影响学习准备的两个因素:

(1) 成熟:在没有特别明显的教育(仅依靠基因和日常经验的增长)的影响下能力的增长;

(2) 学习:学校条件的学习。

考点分析　　考生应重点理解影响学习准备的两个因素是学习和成熟,而且这两个因素是相互依赖、不可偏废的。本知识点可能的考查形式有选择题、填空题和辨析题。可能的考题如下。

填空题

① _____是指学生原有的知识水平或心理发展水平对新的学习的适应性。

解答与分析：此处应填写"学习准备"。

② _____和_____是影响学习准备的两个因素。

解答与分析：此处应填写"学习"和"成熟"（顺序可以颠倒）。

辨析题

比较而言,学习比成熟对学习准备的影响大。

解答与分析：此陈述错误。学习和成熟是影响学习准备的两个因素,二者同等重要,相互依赖,不可偏废。

2）关键期

根据动物实验,奥地利心理学家劳伦兹提出了关键期的概念。关键期指儿童心理发展的某些行为或心理机能在发展的某一特定时期,在适当的条件下才会出现,如果错过了这个时期或缺乏必要的恰当条件,这种行为或机能就难以产生甚至永远不能产生,并对以后的发展产生难以挽回的影响。比如,2～3岁是儿童口头语言发展的关键期。

考点分析　　关键期这个知识点的考查重点在于区分人与动物关键期的异同。考生应清楚与动物完全依赖本能学习不同,人类的行为学习有时即便错过了关键期,也能经过补偿学习而获得,但是难度加大,所以我们要充分利用关键期促进儿童的认知发展,做到事半功倍。本知识点可能的考查形式有选择题、填空题和辨析题。可能的考题如下。

辨析题

一个人如果错过了语言关键期,就怎么也学习不好外语了。

解答与分析：此判断错误。与动物完全依赖本能学习不同,人类的行为学习有时即便错过了关键期,也能经过补偿学习而获得,但是难度加大。所以通过补偿学习即便错过了语言关键期,还是有可能学好外语的。

2.1.2　认知发展与教育

1. 认知发展阶段论

认知发展阶段论是由瑞士儿童心理学家皮亚杰创立的。该理论包括两个部分,第一部分是认知发展的机制,第二部分是认知发展阶段论。

1）认知发展的机制

在阐述皮亚杰的认知发展的机制前,我们先介绍几个相关概念。

(1) 发展:个体与外界环境不断相互作用的一种建构过程,在发展的过程中个体内部的心理结构是不断变化的。

(2) 图式:个体对世界的知觉、理解和思考的方式。同化:个体将环境因素纳入已有的图式之中,以加强和丰富主体的动作。

(3) 顺应:个体改变自己的动作以适应客观变化。

(4) 平衡:个体通过自我调节机制使认知发展从一个平衡状态向另外一个更高的平衡状态过渡的过程。

皮亚杰认为:认知发展的机制就是存储在个体大脑内的各种图式,在个体与环境不断作用的过程中,通过同化和顺应两种机制不断从一个平衡状态过渡到更高的平衡状态的过程。在认知发展的过程中,个体的图式是不断丰富和完善的。

2）认知发展的阶段

皮亚杰认为个体从出生到成熟的发展过程可以分为 4 个阶段:感知运算阶段、前运算阶段、具体运算阶段和形式运算阶段(如表 2-1 所示)。它们彼此衔接,依次发生,不能超越也不能逆转。

表 2-1　认知发展的阶段(皮亚杰)

序号	名　称	解　释	思 维 特 征
1	感知运算阶段 (0～2 岁)	儿童通过感知运动图式与外界发生作用	(1) 可以区分主体和客体 (2) 智力先于语言发生 (3) 具有表象,产生客体永久性概念 (4) 不能使用语言和抽象符号
2	前运算阶段 (2～7 岁)	儿童可以凭借表象进行"表象性思维",但思维受到具体直觉表象的束缚	(1) 思维的单向性 (2) 思维的刻板性 (3) 思维的不可逆性 (4) 没有获得物体守恒的概念
3	具体运算阶段 (7～11 岁)	儿童认知结构中有了抽象概念,可以进行逻辑思维,但仍需要具体事物的支持	(1) 多向思维 (2) 思维的可逆性 (3) 去自我中心 (4) 具体逻辑推理 (5) 物体守恒观念形成
4	形式运算阶段 (11～16 岁)	儿童的思维摆脱了对具体事物的依赖,可以进行形式推理和抽象逻辑思维	(1) 理解命题关系,可以进行假设——演绎推理 (2) 抽象逻辑思维能力 (3) 思维的灵活性 (4) 思维的补偿性

3）认知发展阶段论的启示

（1）以新的角度来认识儿童认知发展阶段的划分标准；

（2）在不同的发展阶段，由于认知结构不同，认识是以不同性质的方式获得的；

（3）辩证地看待认知发展与学习的关系。

考点分析 皮亚杰的认知发展阶段论是历年考试的必考点之一。考生应理解认知发展的机制，掌握认知发展的阶段划分和每个阶段的思维特点。特别是具体运算阶段和形式运算阶段的异同点。处于具体运算阶段和形式运算阶段的儿童均可以进行逻辑推理，区别在于是否需要借助具体事物。如果在进行逻辑推理时需要借助具体事物，则属于具体运算阶段；如果不需要借助具体事物，则属于形式运算阶段。本知识点可能的考查形式有选择题、填空题、简答题和辨析题。可能的考题如下。

选择题

物质守恒观念在_____阶段形成。

A. 感知运算阶段　　B. 前运算阶段　　C. 具体运算阶段　　D. 形式运算阶段

解答与分析：此处应选择"C"。要注意儿童发展各个阶段思维的特点。

辨析题

① 小学生也具有逻辑思维能力。

解答与分析：此判断正确。小学生的年龄在6~12岁之间，属于具体运算阶段和形式运算阶段的初期。因此具有逻辑思维能力。

② 处于前运算阶段的儿童不具有"物体守恒"观念。

解答与分析：此判断正确。处于前运算阶段的儿童其思维具有单向性、刻板性和不可逆性。其标志就是不具有"物体守恒"观念。

2. 认知发展与教学的辩证关系

1）认知发展制约教学的内容和方法

儿童的认知发展水平对学习具有制约性，它不仅制约着学习内容的深浅，还制约着学习方法的选择。因此，在学校教学中，各门具体学科的教学都应该研究如何适应学生智力发展阶段并提出适当的目标。

2）教学促进学生的认知发展

皮亚杰的研究停留在了无特殊训练情况下的儿童认知发展阶段，而忽略了教育的作用。但是通过适当的教育训练来加快各个认知发展阶段转化的速度是有可能的。因此，一方面要根据学生认知发展阶段来进行教学，另一方面又要利用教学促进学生的认知发展。

3）教学创造着最近发展区

最近发展区的概念是前苏联教育心理学家维果斯基提出的。最近发展区指儿童在有指导的情况下，借助成人帮助所能达到的解决问题的水平与独自解决问题水平之间的差异。最近发展区的概念指出了儿童发展的可能性。教学对儿童认知发展的促进作用就表现在教学创造着最近发展区。

考点分析 本考点是考试大纲中的"掌握"类型的知识点。考生要理解认知发展与教学的辩证关系。同时也要清楚这种辩证关系在学校教育中的应用。本知识点可能的考查形式有简答题、辨析题和论述题。可能的考题如下。

填空题

_____指儿童在有指导的情况下，借助成人帮助所能达到的解决问题的水平与独自解决问题水平之间的差异。

解答与分析：此处应填写"最近发展区"。

辨析题

就儿童认知发展与教学的关系而言，认知发展制约教学的内容和方法，教学则对儿童的认知发展不起作用。

解答与分析：此判断错误。认知发展制约着教学的内容和方法，但是教学对儿童的认知发展起促进作用。教学对儿童的认知发展的促进作用表现在教学创造着最近发展区。

人物简介

皮亚杰
——教育和发展心理学巨匠

让·皮亚杰（Jean Piaget，1896—1980），瑞士心理学家，发生认识论创始人。1918年获得瑞士纳沙特尔大学博士学位，论文题目为《阿尔卑斯山的软体动物》。皮亚杰于1921年任日内瓦大学卢梭学院实验室主任，1924年起任日内瓦大学教授。先后当选为瑞士心理学会、法语国家心理科学联合会主席，1954年任第14届国际心理科学联合会主席。此外，皮亚杰还长期担任联合国教科文组织领导下的国际教育局局长和联合国教科文组织助理干事之职。皮亚杰还是多国著名大学的名誉博士或名誉教授。

为了致力于研究发生认识论，皮亚杰于1955年在日内瓦创建了"国际发生认识论中心"并任主任,集合各国著名哲学家、心理学家、教育家、逻辑学家、数学家、语言学家和控制论学者研究发生认识论,对于儿童各类概念以及知识形成的过程和发展进行了多学科的深入研究。

2.1.3　人格发展

1. 人格的发展

1) 人格的定义

人格又称个性,是指决定个体的外显行为和内隐行为并使其与他人行为有稳定区别的综合心理特征。

考点分析　　　　本考点是考试大纲中的"了解"类型的知识点。考生只需按填空题和选择题准备就可以了。

2) 人格发展的阶段理论

(1) 弗洛伊德的精神分析理论

精神分析理论由奥地利精神科医生弗洛伊德于 19 世纪 20 年代创立,该理论分为两大部分,一部分是人格结构,另一部分是人格发展的阶段。

① 人格结构

弗洛伊德将人格结构分为本我、自我和超我 3 个部分。

本我(id):即原我,它处于心灵最底层,是一种与生俱来的动物性的本能冲动,本我按照"快乐原则"行事,盲目地追求满足。

自我(ego):它是从本我中分化出来的,是受现实陶冶而渐识时务的一部分。它是一种能根据周围环境的实际条件来调节本我和超我的矛盾、决定自己行为方式的意识,代表的就是通常所说的理性或正确的判断。它按照"现实原则"行动,既要获得满足,又要避免痛苦。

超我(superego):即能进行自我批判和道德控制的理想化了的自我,它主要包括两个方面:一方面是平常人们所说的良心,代表着社会道德对个人的惩罚和规范作用;另一方面是理想自我,确定道德行为的标准。超我的主要职责是指导自我以道德良心自居,去限制、压抑本我的本能冲动,而按"道德原则"活动。

考点分析　　　　本考点是考试大纲中的"了解"类型的知识点。考生应掌握弗洛伊德人格结构的 3 个部分和每个部分所遵循的原则。可能的考查形式为填空题和选择题。可能的考题如下。

填空题

弗洛伊德提出的人格结构的 3 个组成部分是_____、_____和_____。

解答与分析：应依次填写"本我"、"自我"和"超我"（顺序不能颠倒）。

② 弗洛伊德的人格发展理论

弗洛伊德以身体不同部位获得性冲动的满足为标准，将人格发展划分为5个阶段。

口唇期：从出生到1岁半左右。此期婴幼儿以吸吮、咬和吞咽等口腔活动为主满足本能和性的需要。

肛门期：1～3岁左右。此期儿童性欲望的满足主要来自肛门或排便过程。

性器期：3～6岁左右。此期儿童性生理的分化导致心理的分化，儿童表现出对生殖器的极大兴趣，性需求集中于性器官本身。他们不仅通过玩弄性器官获得满足，而且通过想象获得满足。此期男孩会经历"恋母情节"，而女孩则经历"恋父情节"。

潜伏期：5～12岁。在这一时期，儿童的兴趣转向外部世界，参加学校和团体的活动，与同伴娱乐、运动，发展同性的友谊，满足来自外界、好奇心和知识、娱乐和运动等。

生殖期：从12岁开始，性需求从两性关系中获得满足，有导向地选择配偶，成为较现实的和社会化的成人。

③ 对弗洛伊德人格发展理论的评价

该理论强调童年经历和生物本能（主要是性本能）对人格形成与发展的影响；但是过分强调了生物本能的作用，而且其研究多建立在观察的基础上，缺乏科学实验依据。

考点分析　　本考点是考试大纲中的"了解"类型的知识点。考生应掌握弗洛伊德人格发展理论中涉及的5个阶段的名称和年龄阶段，并应清楚弗洛伊德理论的特点。本知识点可能的考查形式为填空题、选择题和简答题。可能的考题如下。

填空题

弗洛伊德将人格形成的过程划分为_____、_____、_____、_____和生殖期5个阶段。

解答与分析：应依次填写"口唇期"、"肛门期"、"性器期"、"潜伏期"（顺序不能颠倒）。

（2）埃里克森的人格发展阶段论

埃里克森认为，人的自我意识发展持续一生，他把自我意识的形成和发展过程划分为8个阶段，这8个阶段的顺序是由遗传决定的，但是每一阶段能否顺利度过却是由环境决定的，所以这个理论又被称为"心理社会"阶段理论。

① 婴儿期（0～1.5岁）：基本信任和不信任的心理冲突。

婴儿在本阶段的主要任务是满足生理上的需要，发展信任感，克服不信任感。体验希望的实现、具有信任感的儿童敢于希望,富于理想,具有强烈的未来定向。反之则不敢希望,时时担忧自己的需要得不到满足。

② 儿童期(1.5~3 岁):自主与害羞和怀疑的冲突。

儿童在这一阶段的发展任务是培养自主感,体验意志的实现。在这一阶段,一方面父母必须承担起控制儿童行为使之符合社会规范的任务,即养成良好的习惯;另一方面儿童开始了自主感,他们坚持自己的进食、排泄方式,所以训练儿童良好的习惯不是一件容易的事。

③ 学龄初期(3~7 岁):主动对内疚的冲突。

该阶段的发展任务是培养主动感,体验目的的实现。在这一时期如果幼儿表现出的主动探究行为受到鼓励,幼儿就会形成主动性,这为他将来成为一个有责任感、有创造力的人奠定了基础;如果成人讥笑幼儿的独创行为和想象力,那么幼儿就会逐渐失去自信心,这使他们更倾向于生活在别人为他们安排好的狭窄圈子里,缺乏自己开创幸福生活的主动性。

④ 学龄期(7~12 岁):勤奋对自卑的冲突。

该阶段的儿童发展的任务是培养勤奋感,体验着能力的实现。这一阶段的儿童都应在学校接受教育。学校是训练儿童适应社会、掌握今后生活所必需的知识和技能的地方。如果他们能顺利地完成学习课程,他们就会获得勤奋感,这使他们在今后的独立生活和承担工作任务中充满信心;反之,就会产生自卑。

⑤ 青年期(12~18 岁):自我同一性和角色混乱的冲突。

该阶段的任务是培养自我同一性,体验着忠实的实现。一方面青少年本能冲动的高涨会带来问题,另一方面更重要的是青少年面临新的社会要求和社会的冲突而感到困扰和混乱。所以,青少年期的主要任务是建立一个新的同一感或自己在别人眼中的形象,以及他在社会集体中所占的情感位置。

⑥ 成年早期(18~25 岁):亲密对孤独的冲突。

只有具有牢固的自我同一性的青年人,才敢于冒与他人发生亲密关系的风险。因为与他人发生爱的关系,就是把自己的同一性与他人的同一性融合为一体。这里有自我牺牲或损失,只有这样才能在恋爱中建立真正亲密无间的关系,从而获得亲密感,否则将产生孤独感。

⑦ 成年期(25~50 岁):生育对自我专注的冲突。

当一个人顺利地度过了自我同一性时期,以后的岁月中将过上幸福充实的生活,将生儿育女,关心后代的繁殖和养育。埃里克森认为,生育感有生和育两层含义,一个人即使没生孩子,只要能关心孩子、教育指导孩子,也可以具有生育感;反之,没有生育感的人,其人格贫乏和停滞,是一个自我关注的人,他们只考虑自己的需要和利益,不关心他人(包括儿童)的需要和利益。

在这一时期,人们不仅要生育孩子,同时要承担社会工作,这是一个人对下一代的关心和创造力最旺盛的时期,人们将获得关心和创造力的品质。

⑧ 成熟期(50 岁以上):自我调整与绝望期的冲突。

由于进入衰老的过程,老人的体力、心智和健康每况愈下,对此他们必须做出相应的调整和适应,所以被称为自我调整对绝望感的心理冲突。

当老人们回顾过去时,可能怀着充实的感情与世告别,也可能怀着绝望走向死亡。自我调整是一种接受自我、承认现实的感受,一种超脱的智慧之感。如果一个人的自我调整大于绝望,他将获得智慧的品质。

考点分析　　对埃里克森的理论重点应掌握"学龄期(7～12 岁):勤奋对自卑的冲突"和"青年期(12～18 岁):自我同一性和角色混乱的冲突",因为这两个阶段是小学和中学阶段。考生还应注意埃里克森的理论在每个阶段的适应结果都有正、反两个方面。本知识点可能的考查形式为填空题、选择题和简答题。可能的考题如下。

填空题

埃里克森提出的学龄期儿童发展的任务是培养_____,体验着能力的实现。

解答与分析:此处应填写"勤奋感"。

2. 自我意识的发展

1) 自我意识的含义

自我意识是个体对自己与周边事物关系的意识。包括以下 3 个部分。

(1) 自我认识:个体对自己的心理特点、人格特征、能力以及自我价值等的了解和评价。

(2) 自我体验:主要指个体的情感体验。

(3) 自我监控:自己对自己的意志控制。

考点分析　　考生要掌握自我意识的定义和组成部分。本知识点可能的考查形式为填空题、选择题和简答题。可能的考题如下。

填空题

_____是个体对自己与周边事物关系的意识。

解答与分析:此处应填写"自我意识"。

2) 自我意识的发展

自我意识的发展阶段如表 2-2 所示。

表 2-2　自我意识的发展阶段

序号	阶 段 名 称	阶 段 特 点
1	生理自我(1岁末)	能够把自我和自我动作分开
2	社会自我(3岁后到小学)	自我意识客观化,评价具体化,自我控制较差
3	心理自我(青春期开始)	了解自己和别人的个性特点,能够评价自己和别人

考点分析　考生要掌握自我意识发展的 3 个阶段的名称、起止时间和每个阶段的特点。本知识点可能的考查形式为填空题、选择题和简答题。可能的考题如下。

填空题

自我意识的发展经历了_____、_____和_____ 3 个阶段。

解答与分析：此处应填写"生理自我"、"社会自我"和"心理自我"(顺序不能颠倒)。

2.1.4　个别差异与因材施教

1. 学生的认知差异及其教育含义

1）认知方式差异

认知方式又称认知风格,是个体偏好的加工信息的方式,是个体在对外界信息的感知、注意、记忆、思维和解决问题等认知活动中加工和组织信息时所表现出的独特而稳定的风格。常见的认知方式有以下几种。

(1)场独立型和场依存型(威特金)

"场"指问题空间。

① 场依存型：当个体面对某一问题时,较多或完全依赖该问题空间中的线索,从这些线索搜索信息。

② 场独立型：当个体面对某一问题时,根据自身内部的参照来搜索信息,作出判断,不易受外部因素的干扰。

(2)冲动型与沉思型(杰罗姆·凯根)

① 冲动型：当个体处于不明情景时,倾向于用自己想到的第一个答案来回答问题。

② 沉思型：当个体处于不明情景时,倾向于深思熟虑,仔细考虑所观察到的现象及所面临的问题,权衡各种解决问题的方法,然后选择一个最佳方案。

(3)复合型和发散型(吉尔福德)

① 复合型：个体在解决问题的过程中常表现出复合型思维的特征,经常只注意到问题的某一方面,缩小解答范围,局限在特定领域内直至找到唯一正确的答案。

② 发散型：个体的思维沿着不同的方向扩展,使观念发散到各个有关方面,最终

产生多种答案。

（4）立法型、执法型与司法型（斯滕伯格）

① 立法型：此类学生喜欢创造、制订计划和方案，并喜欢以自己的方式来做事。

② 执法型：此类学生喜欢执行计划，遵守规范，以及从既有答案中作出选择。

③ 司法型：此类学生喜欢评价规则、程序或结果。

考点分析　　认知风格的定义和分类是历年考试的重点之一，考生应给予足够的重视。本知识点可能的考查形式为填空题、选择题和简答题。可能的考题如下。

填空题

如果某学生在面对大多数问题时，较多地或完全依赖该问题空间中的线索，并从这些线索搜索信息，那么可以初步判断他（她）的认知方式属于_____。

解答与分析：此处应填写"场依存型"。

2）学习风格的差异

（1）学习风格的定义

学习风格是学习者特有的认知、情感和生理行为，它是反映学习者如何感知信息、如何与学习环境相互作用并对之作出反应的相对稳定的学习方式。

（2）学习风格与认知风格的差异

学习风格和认知风格是两个不同的概念，学习风格比认知风格的内涵要大。认知风格主要指个体信息加工的方式，而学习风格既包含信息加工方式，还涉及个体感情因素。

（3）学习风格的分类

瑞德将学习风格分为5种类型。

① 视觉型学习者：喜欢通过视觉刺激手段接受信息。

② 听觉型学习者：在非视觉信息输入的学习中感到轻松愉快。

③ 动觉型学习者：通过可触及的实物来学习，偏爱有身体参与的游戏和富于戏剧性的教学活动。

④ 小组型学习者：喜欢协同学习，他们需要学习上的伙伴，看重小组交流和同学之间的合作。

⑤ 个人型学习者：更容易从单独学习中受益，他们独自学习时效果更好。

席尔瓦和汉森将学习风格分为4种类型。

① 感官—思考型学习者：追求实际效益与结果，偏重行动而不是言谈与理论，又被称为"掌握型学习者"。

② 感官—感受型学习者：好交际、待人友善、重视人际关系，又被称为"人际型学习者"。

③ 直觉—思考型学习者：追求理论知识，喜欢对智力具有挑战性的复杂问题，又被称为"理解型学习者"。

④ 直觉—感受型学习者：好奇、富有洞察力和想象力，又被称为"自我表达型学习者"。

考点分析　学习风格是大纲调整后新增加的知识。考生应了解学习风格的定义；学习风格与认知风格的区别；掌握瑞德、席尔瓦和汉森的学习风格分类。学习风格定义可能以填空题和选择题的形式考查；学习风格与认知风格的差异定义可能以辨析题的形式考查；学习风格的类型可能以简答题的形式考查。

（4）学习风格的教育意义

教师应了解学生的学习风格差异，并尊重这种差异，而不是试图消灭这种差异。任何一种学习风格的学习者，只要向他们提供适宜的学习刺激，采取相应的教授策略，都可以取得良好的效果。另外，研究学习风格有利于因材施教，进行个别化教育。从某种意义上讲，因材施教就是"因风格而教"。

考点分析　考生必须清楚学习风格无好坏之分，教师应了解学生的学习风格差异，并按照学生的学习风格进行教学。本知识点可能的考查形式为简答题和辨析题。可能的考题如下。

辨析题

教师应该努力使班级中所有学生的学习风格保持一致，因为这样能够得到最好的教学效果。

分析与解答：此判断错误。学习风格是学生在长期学习、生活中形成的一种稳定的学习偏好。教师应了解学生的学习风格差异，并尊重这种差异，而不是试图消灭这种差异。

3）智力差异

（1）智力的定义

智力是个体以抽象逻辑思维能力为核心的心理活动，是最一般的综合能力。人类智力的一般特点如下。

① 智力水平存在差异：大多数人的智商在 70～130 之间。

② 智力类型存在差异。

③ 表现早晚存在差异。

④ 性别差异：男女两性的智力平均水平大体相当，但在智力结构上有差异，男性偏于抽象思维和逻辑思维，而女性长于形象思维。另外，男性智力分布的离散程度大于女性。

（2）多元智能理论

美国心理学家霍华德·加德纳将人类的智力分为以下 8 种。

① 语言智能：有效地运用口头语言及文字的能力。

② 数理逻辑智能：有效地计算、测量、推理、归纳、分类，并进行复杂数学运算的能力。

③ 空间智能：准确感知视觉空间的才能。

④ 身体运动智能：善于运用整个身体来表达想法和感觉，以及运用双手灵巧地生产或改造事物的能力。

⑤ 音乐智能：敏感地感知音调、旋律、节奏和音色等的能力。

⑥ 人际交往智能：能够有效地理解别人及其关系和与人交往的能力。

⑦ 内省智能：认识自己并据此作出适当行为的能力。

⑧ 自然观察者智能：指善于观察自然界中的各种事物，对物体进行辨识和分类的能力。

考点分析  霍华德·加德纳的多元智能理论是大纲调整后新增加的考点。考生应明确霍华德·加德纳认为每个人与生俱来地拥有这 8 种智能，只是程度上有所区别，而且这 8 种智能具有同等重要性。本考点可能以简答题和辨析题的形式考查。

4）认知差异的教育含义

认知风格无优劣之分，任何一种认知方式都有其优势和不足。教育的目的在于发挥其所长，弥补其不足。适应认知方式差异的教学应包括如下内容：

① 要采用与学习者认知风格相一致的教学策略。

② 应该根据学生认知方式设计教学策略。

考点分析 考生必须清楚不能比较不同认知风格的优劣。在教学过程中，教师要了解学生的认知风格，并根据学生的认知风格进行教学。本知识点可能的考查形式为简答题和辨析题。

2. 学生的性格差异及其教育含义

1）性格的定义

性格是个体在生活过程中形成的对现实的一种稳定的态度以及与此相适应的习惯化的行为方式。是人与人相区别的主要方面，性格是人格的核心。

2）性格特征的差异

性格特征的差异表现在以下 4 个方面：

（1）对客观世界的态度；

（2）性格的理智特征；

（3）性格的情绪特征；

（4）性格的意志特征。

3）性格类型差异

性格类型是在一类人身上所共有的性格特征的独特组合。

根据人们对事物的反应方式可以将人的性格分为外倾型和内倾型。

根据人与人的相互作用关系又可以将人的性格分为独立型和顺从型。

4）性格差异的教育意义

性格差异不能决定学习是否发生，但是它影响学生的学习动机、学习方式等方面。教师要熟知每个学生的性格特点，利用其性格特点中的积极因素提高其学习效果。

考点分析　本考点是考试大纲中的"了解"类型的知识点。性格的定义和性格类型的定义可能以选择题和填空题的形式考查；性格特征的差异和性格类型的差异可能以选择题、填空题和简答题的形式考查；性格差异的教育意义可能以辨析题和简答题的形式考查。

3. 特殊儿童的心理与教育

1）特殊儿童的定义

特殊儿童是由于某些生理的、心理的或社会的障碍，使其无法从一般的教育环境中获得良好适应与学习效果，而需要借助教育上的特殊扶助来充分发展其潜能的儿童。

2）特殊儿童的分类

特殊儿童包括以下3类：

① 智力超常的儿童：智商高于130；

② 智力低常的儿童：智商在50～70之间；

③ 学习障碍的儿童：基本心理过程失调的儿童和有生理方面障碍的儿童。

3）特殊儿童的教育

采用个性化教育，并注重儿童个体间和个体内的差异。

考点分析　本考点是考试大纲中的"了解"类型的知识点。考生应清楚特殊儿童的定义和分类，特别注意"智力超常儿童"乃至"天才儿童"也是特殊儿童。要了解"个性化"教育是特殊儿童的教育原则。本知识点可能的考查形式为填空题、选择题、简答题和辨析题。可能的考题如下。

填空题

① _____是由于某些生理的、心理的或社会的障碍,使其无法从一般的教育环境中获得良好适应与学习效果,而需要借助教育上的特殊扶助来充分发展其潜能的儿童。

解答与分析:此处应填写"特殊儿童"。

② 特殊儿童包括_____、_____和_____。

解答与分析:此处应填写"智力超常的儿童"、"智力低常的儿童"和"学习困难的儿童"。

2.2　本章模拟试卷及参考答案

一、选择题(每题 2 分,共 30 分)

1. 以下几项中不属于人格结构的是(　　)。

　　A. 气质　　　　B. 性格　　　　C. 自我调控系统　　　　D. 图式

2. 皮亚杰是(　　)的心理学家。

　　A. 匈牙利　　　B. 瑞士　　　　C. 瑞典　　　　　　　　D. 美国

3. 皮亚杰认为,儿童在(　　)阶段已经获得客体永久性。

　　A. 感知运动　　B. 前运算　　　C. 具体运算　　　　　　D. 前运算

4. 对前运算阶段儿童的描述,不正确的一项是(　　)。

　　A. 一切以自我为中心　　　　　　B. 尚未获得物体守恒的概念

　　C. 思维具有不可逆性　　　　　　D. 没有客体永久性的概念

5. "最近发展区"是由(　　)提出来的。

　　A. 赞科夫　　　B. 列昂捷夫　　C. 鲁利亚　　　　　　　D. 维果斯基

6. 埃里克森是(　　)国(　　)学派的心理学家。

　　A. 美　行为主义　　　　　　　　B. 德　精神分析

　　C. 美　精神分析　　　　　　　　D. 德　行为主义

7. 埃里克森把人格发展分为(　　)。

　　A. 4 个阶段　　B. 5 个阶段　　C. 6 个阶段　　　　　　D. 8 个阶段

8. 从埃里克森的人格发展阶段论看,青春期个体面对的最大冲突是(　　)。

　　A. 角色同一与角色混乱　　　　　B. 自主与羞怯

　　C. 勤奋感与自卑感　　　　　　　D. 友爱亲密与孤独

9. 对于智力的性别差异,说法正确的一项是(　　)。

　　A. 男性的智力普遍比女性高

　　B. 男性较之女性在视觉和辨别方位能力方面比较强

　　C. 女性的抽象思维比男性更优秀一些

　　D. 男性的嗅觉普遍比女性灵敏

10. 当人们对客观事物作出判断时,如果常常利用自己内部的参照,不易受外界环境的影响和干扰,这种人的认知方式属于(　　　)。

　　A. 场依存型　　B. 场独立型　　C. 沉思型　　　　　　D. 复合型

11. 把人的认知风格分为沉思型和冲动型的心理学家是(　　　)。

　　A. 威特金　　　B. 斯金纳　　　C. 凯根　　　　　　　D. 弗洛伊德

12. 对于认知风格属于场依存型的学生,适合的教学方法是(　　　)。

　　A. 为其提供无结构的材料,让他自己探索

　　B. 多鼓励学生自学

　　C. 给学生充分的时间,让其总结出结构性的知识

　　D. 教师要给学生提供一些明确的指导和讲解

13. 以下不属于特殊儿童的是(　　　)。

　　A. 天才　　　　　　　　　　B. 智商为 50～70 的学生

　　C. 盲童　　　　　　　　　　D. 感冒的学生

14. 把学习风格分为视觉型、听觉型、动觉型、小组型和个人型的心理学家是(　　　)。

　　A. 席尔瓦　　　B. 汉森　　　　C. 瑞德　　　　　　　D. 威特金

15. 将认知风格分为立法型、执法型和司法型的心理学家是(　　　)。

　　A. 斯滕伯格　　B. 凯根　　　　C. 瑞德　　　　　　　D. 威特金

二、填空题(每空 2 分,共 20 分)

1. 最邻近发展区是_____和_____之间的差距。

2. _____是个体从出生、成熟、衰老直至死亡的整个生命进程所发生的一系列心理变化。

3. 影响学习准备的两个因素是_____和_____。

4. 图式的变化是通过_____和_____完成的。

5. _____是人格的核心。

6. _____是实施特殊教育的指导原则。

7. _____是指当个体处于不明情景时,倾向于用自己想到的第一个答案来回答问题。

三、辨析题(每题 5 分,共 20 分)

1. 学习风格和认知风格具有相同的内涵和外延。

2. 教师必须使用与学生认知风格相一致的教学对策。

3. 为了达到最佳的班级教学效果,教师应努力使全体同学的学习风格变得一致。

4. 小学生已经具有逻辑推理能力。

四、简答题(每题 5 分,共 20 分)

1. 简述席尔瓦和汉森对学习风格的分类。

2. 简述皮亚杰的认知发展机制。

3. 简述认知差异的教育意义。

4. 简述性格特征的差异。

五、论述题(10 分)

论述认知发展与教学的辩证关系。

【模拟试卷参考答案】

一、选择题

题号	1	2	3	4	5	6	7	8	9	10	11	12	13	14	15
答案	D	B	A	D	D	A	D	A	B	B	C	C	D	C	A

二、填空题

1. 儿童现有发展水平,有指导或借助成人帮助所能达到的水平

2. 发展

3. 成熟,学习

4. 同化,顺应

5. 性格

6. 个别化教学

7. 冲动型

三、辨析题

1.【错误】。学习风格比认知风格包含的内容广,学习风格和认知风格是两个不同的概念。

2.【正确】。

3.【错误】。教师应根据学生的学习风格差异进行教学,而不是消灭这种差异。

4.【正确】。

四、简答题

1.

答:席尔瓦和汉森将学习风格分为以下 4 类。

（1）感官—思考型学习者：追求实际效益与结果，偏重行动而不是言谈与理论，又被称为"掌握型学习者"。

（2）感官—感受型学习者：好交际，待人友善，重视人际关系，又被称为"人际型学习者"。

（3）直觉—思考型学习者：追求理论知识，喜欢对智力具有挑战性的复杂问题，又被称为"理解型学习者"。

（4）直觉—感受型学习者：好奇，富有洞察力和想象力，又被称为"自我表达型学习者"。

2.

答：皮亚杰认为，儿童认知发展的机制是存储在个体大脑内的各种图式，在个体与环境不断作用的过程中，通过同化和顺应两种机制不断从一个平衡状态过渡到另一个更高的平衡状态的过程。在认知发展的过程中，个体的图式是不断丰富和完善的。

3.

答：认知风格无优劣之分，任何一种认知方式都有其优势和不足。教育的目的在于发挥其所长，弥补其不足。适应认知方式差异的教学应包括如下内容。

（1）要采用与学习者的认知风格相一致的教学策略。

（2）应该根据学生的认知方式设计教学策略。

4.

答：性格特征的差异表现在以下 4 个方面。

（1）对客观世界的态度；

（2）性格的理智特征；

（3）性格的情绪特征；

（4）性格的意志特征。

五、论述题

答：认知发展与教学的辩证关系及对教学的启示如下。

（1）认知发展制约教学的内容和方法。

儿童的认知发展水平对学习具有制约性，它不仅制约着学习内容的深浅，还制约着学习方法的选择。因此，在学校教学中，各门具体学科的教学都应该研究如何适应学生的智力发展阶段并提出适当的目标。

（2）教学促进学生的认知发展。

皮亚杰的研究停留在了无特殊训练情况下的儿童认知发展阶段，而忽略了教育的作用。而通过适当的教育训练来加快各个认知发展阶段转化的速度是有可能的。因此,一方面要根据学生的认知发展阶段来进行教学,另一方面又要利用教学促进学生的认知发展。

(3) 教学创造着最近发展区。

最近发展区指儿童在有指导的情况下,借助成人帮助所能达到的解决问题的水平与独自解决问题水平之间的差异。最近发展区的概念指出了儿童发展的可能性。教学对儿童认知发展的促进作用就表现在教学创造着最近发展区。

第3章

学习的基本理论

3.1 本章考核知识点分析

【本章考核目标】

1. 了解先行组织者和有意义学习等基本概念；了解苛勒的完形—顿悟说与托尔曼的符号学习理论。

2. 理解学习的实质；联结学习理论和认知学习理论主要观点；经典性条件反射的规律；尝试错误学习的基本规律；操作性条件反射的规律；强化理论在学习中的应用。

3. 掌握布鲁纳的认知发现学习理论、奥苏伯尔的有意义接受学习理论和建构主义学习理论，并能指导教学实践。

3.1.1 学习与学习理论概述

1. 学习的实质

1) 学习的概念和学习的实质

学习是指人和动物在生活过程中凭借经验而产生的行为或行为潜能的相对持久的变化。

应该从以下 6 个方面理解学习概念的实质。

(1) 学习表现为行为或行为潜能的变化。

(2) 学习引起的行为或行为潜能的变化相对持久。

(3) 学习是由练习或反复经验引起的。

(4) 学习是人和动物所共有的一种对环境的适应行为(本能行为和学习行为)。

(5) 学习指过程而非结果。

(6) 学习没有价值高低与对错之分。

考点分析　对学习的概念重在理解,上述的 6 点分析,每一点都有可能出辨析题。本知识点可能的考查形式为填空题、选择题和辨析题。可能的考题如下。

辨析题

① 儿童在电视中看到帮助老人过马路的行为,在过马路时也搀扶老人过马路。这是学习行为。

解答与分析:此判断正确。该事例反映出行为潜能的变化。

② 在一次考试中小张同学得了 85 分,小李同学得了 65 分,这说明小张同学学习的效果好于小李同学。

解答与分析:此判断错误,学习指过程而非结果。

2) 人类学习和学生学习

(1) 人类学习:以语言为中介,自觉地、积极主动掌握社会的和个体的经验的过程。以直接经验为主。

(2) 学生学习:在教师指导下、有目的、有计划、有组织、有系统地进行的,是在较短的时间内接受前人所积累的文化科学知识,并以此来充实自己的过程。以间接经验为主。

(3) 动物学习:消极适应环境的行为。

考点分析　此考点的重点在于比较人类学习、学生学习和动物学习的区别。考生应清楚人类学习以直接经验为主,而学生学习以间接经验为主。本知识点可能的考查形式为填空题、选择题和辨析题。

2. 关于学习理论的研究

1) 联结学习理论的主要观点和教育应用

(1) 联结学习理论的基本观点

联结学习理论认为,一切学习都是通过条件作用,在刺激和反应之间建立直接联结的过程。强化在刺激—反应联结的建立中起着重要作用。个体学习到的是习惯。

(2) 联结学习理论对教学的启示

教学是围绕着如何呈现适当刺激、提供适当机会,让学习者作出适当的反应。联结主义强调:

① 确定可观察或可测量的学习结果;

② 对学习者进行评估,确定教学起点;

③ 在进入更高层次学习前,先掌握前面的知识;

④ 利用强化影响学习成绩；

⑤ 运用线索、塑造和练习以确保形成刺激和反应之间的强有力联系。

2）认知学习理论的主要观点和教育应用

（1）认知学习理论的主要观点

学习不是在外部环境的支配下被动地形成刺激—反应联结，而是主动地在头脑内部构造认知结构；学习不是通过练习与强化形成反应习惯，而是通过顿悟与理解获得期待；个体的学习不仅依赖于当前的刺激情境，而且依赖于原有的认知结构；学习受主体的预期所引导，而不是受习惯所支配。

（2）认知学习理论对教学的启示

教师应意识到每个学生都是带着各种原有的经验来到特定的学习情境，这些原有经验对学习结构会产生重大影响；应该确定组织新信息的最佳方式，以填补学习者原有知识、能力和经验同信息之间的差距。具体要做到以下几点。

① 使学习者主动参与学习过程；

② 保证信息的结构化、组织化和有序化，促进最优的信息加工；

③ 鼓励学习者将当前的学习材料与先前习得的材料进行联系。

考点分析　　　考生应掌握联结学习理论和认知学习理论的基本观点以及各自对教学的启示。本知识点可能的考查形式为填空题、选择题和简答题。

3.1.2　联结学习理论与应用

1. 巴甫洛夫经典条件反射理论

1）基本观点

原本不能诱发反应的中性刺激，与能够诱发反应的刺激多次配对后，使中性刺激也能诱发同类反应的学习过程。

2）基本规律

（1）获得与消退

条件反射的获得：条件刺激（如铃声）反复与无条件刺激（如食物）相匹配，使条件刺激获得信号意义的过程，亦即条件反射建立的过程。

条件反射的消退：条件反射形成后，如果条件刺激（如铃声）多次重复出现，但没有无条件刺激（如食物）相伴随，使条件刺激失去信号意义的过程。（抑制性消退）

（2）刺激的泛化与分化

刺激的泛化指在条件反应建立初期，与条件刺激相似的其他刺激也能够诱发条件反应。

刺激的分化指只对条件刺激做出反应,而对与条件相似的其他刺激不予反应。

考点分析　考生应掌握经典条件反射理论的基本观点和基本规律。本知识点可能的考查形式为填空题、选择题、辨析题和简答题。可能的考题如下

辨析题

学生张莉莉在马路上看到一个发型、步姿、服饰与她妈妈很像的人,于是她很远就叫起"妈妈"来,这证明了巴甫洛夫的刺激分化原则。

解答与分析:此判断错误。该事例描述的是刺激泛化现象。刺激的泛化指与条件刺激相似的其他刺激也能够诱发条件反应。

2. 桑代克的尝试错误理论

1) 基本观点

学习的实质是形成刺激与反应之间的联结,而联结的形成是通过"盲目尝试→逐步减少错误→再尝试"这样一个往复过程习得的。因此,桑代克的尝试错误理论又被称为联结学习理论。

桑代克超越巴甫洛夫之处在于,他提出了某个行为之后出现的结果会影响未来的行为。

2) 基本规律

(1) 效果律

即情境与反应之间联结的加强(或减弱)受反应之后的效果支配。如果反应之后得到了满意的结果,那么联结就会加强;如果反应之后没有得到满意的结果,那么联结就会削弱。这就意味着,个体当前行为的结果对决定未来的行为起着关键作用。如果在某种情境中,行为产生了一个满意的结果,那么在类似情境中行为重复出现的可能性将会增加;反之,则会减少。

(2) 练习律

练习律是由使用律和失用律组成。使用律是指一个已形成的刺激—反应联结,若加以练习应用,则联结就会增强;失用律则是指若不予以使用,联结就会减弱。实际上,练习律就是指反复练习的次数越多,反应重复的次数越多,刺激与反应之间的联结就越牢固。需要注意的是,练习律必须与效果律结合起来,没有效果的练习是没有意义的。

(3) 准备律

尝试错误理论的动机原则。个体是否会对刺激作出反应,或者说是否会发生刺激—反应的联结,与个体事先是否处于准备状态有关。

考点分析　考生应掌握尝试错误理论的基本观点和基本规律。特别是尝试错误理论的基本规律,这些规律有可能会结合教学实例进行考查。本知识点可能的考查形式为填空题、选择题、辨析题和简答题。可能的考题如下。

辨析题

练习的次数越多,学习的成绩就越好。

解答与分析:此判断错误。练习律必须与效果律结合起来,没有效果的练习是没有意义的。所以并不是练习的次数越多,学习的成绩就越好。

3. 斯金纳的操作性条件反射理论

1)基本观点

斯金纳首先将不同的行为分为两类:应答性行为和操作性行为。

(1)应答性行为:是由特定刺激所引发的、不随意的反射性反应,又称引发反应,是经典条件作用研究的对象。

(2)操作性行为:没有可识别的、明显的刺激,是有机体自发作出的随意反应,不与任何特定刺激相联系,又称自发反应。日常行为大部分都属于操作性行为。

斯金纳认为,行为之后的结果是影响行为再次发生的概率的决定性因素。学习的实质就是在某种情境中个体自发反应产生的结果使反应发生的概率增加的过程。可以看出,桑代克和斯金纳对学习的解释略有不同。桑代克认为,结果影响的是刺激和反应之间的联结。而斯金纳认为,结果影响了相同行为再次发生的概率。

2)强化理论

(1)强化的定义和分类

强化:凡是能够提高反应概率或者反应发生可能性的手段,都可以称为强化。

强化又分为正强化和负强化两类。

正强化:个体在作出某种反应之后,呈现一个愉快的刺激,使同类反应再次发生的概率增加。

负强化:个体在作出某种反应后,消除某种厌恶的刺激或不愉快的情境,从而使同类行为在类似情境中发生的概率增加。

(2)惩罚和消退

惩罚:行为之后的结果使反应发生的概率或者反应发生的可能性降低。

消退:通过消除正强化,从而消除或降低某种行为发生的可能性。消退是操作性条件作用的一种无强化的过程,其作用在于降低某种反应在将来发生的概率,以达到消除某种行为的目的。

考点分析　考生应掌握强化的定义和分类,特别是注意区分负强化和惩罚。考

生应清楚只要是强化都会使反应发生的可能性增加,只要是惩罚都会使反应发生的可能性降低。例如:

小明的父亲对小明说:"如果你完成了作业,就可以不被罚站了。"(负强化,使完成作业的可能性增大)

老师对同学们说:"如果你们不守纪律,就请你们的家长到学校来。"(惩罚,使破坏纪律的可能性减小)

本知识点可能的考查形式为填空题、选择题和辨析题。

3)强化理论在教学中的应用

(1)强化的应用

在教育教学中使用强化时应注意以下几点:

① 强化要及时;

② 没有某一种强化适合所有的人;

③ 注意避免外部奖励对内部兴趣的破坏,避免不必要的强化。

(2)惩罚的应用

一般来说,要尽可能少用惩罚。在使用惩罚时应注意:

① 惩罚应用也要及时,在学生出现某种不被允许的行为后立即给予惩罚;

② 在惩罚时要选择替代性反应进行强化,即应指出正确的反应。

考点分析　　考生应结合教学实例理解强化理论在教学中的应用。本知识点可能的考查形式为简答题。

3.1.3　认知学习理论与应用

1. 苛勒的完形—顿悟说

其基本观点如下。

(1)学习是通过顿悟过程实现的。

学习是个体利用自身的智慧与理解力,对整个情境以及情境与自身关系的顿悟,而不是动作的积累或盲目的尝试。

(2)学习的实质是在主体内部构造完形。

学习是一个顿悟过程,顿悟是突然理解了问题情境,觉察到问题的解决办法。学习是一个不断构建完形的过程,而不是联结力量的加强。

考点分析　　顿悟学习与尝试错误学习并不完全对立。表面上顿悟是突然发生的,而实际上是经过了好多次错误尝试后才发生的。顿悟学习与尝试错误学习的不同点在于：顿悟学习认为学习的结果是丰富了头脑中的"完形"，而尝试错误学习认为学习结果是加强了刺激与反应的联结。本知识点可能的考查形式为填空题、选择题。

2. 托尔曼的符号学习理论

其基本观点如下。

（1）外在的强化并不是学习产生的必要因素，不强化也会产生学习。没有强化前的学习称为潜伏学习。潜伏学习的结果是，在未受奖励的学习期间，认知结构发生了变化。

（2）学习是期待的获得，而不是习惯的形成。学习是有目的的行为，而不是盲目的，是在预期指导下逐渐形成相应的认知结构。

3. 布鲁纳的认知发现学习理论

布鲁纳的认知发现学习理论分为学习观和教学观两部分。

1）学习观

（1）认知生长和表征理论

通过认知的生长，在头脑中可以建立一个储存信息的内部系统，学生可以凭借这个内部系统解决生活学习中的各种问题。认知的生长是一个表征系统不断形成的过程，可以分为3个阶段。

① 动作表征阶段：能够对动作进行表征和再现。

② 映像表征阶段：儿童能够记住过去发生了什么事情，并能够根据头脑中的图像进行想象。

③ 符号表征阶段：指能够运用符号（尤其是语言）来进行再现、想象和创造等思维活动。

（2）学习的实质是主动地形成认知结构

认知结构是指由过去对外界事物进行感知、概括或经验构成的观念结构，实际上是指各种信息在头脑中的表征方式。学习者是通过把新获得的知识与已有的认知结构联系起来构建其知识体系的。学习者不是被动地接受知识，形成刺激—反应的联结，而是主动地获取知识。学习是通过认知活动获得意义，主动地形成这些认知结构的过程。

（3）学习包括获得、转化和评价3个过程

学习帮助学生构建良好的认知结构，而认知结构的构建需要经过3个几乎同时发生的过程。

① 新知识的获得：对先前知识的重新提炼，或与个人已有知识相违背或替代已有知识。

② 知识的转化：对知识的重新处理,通过外推、内插或变换等方法把知识整理成各种形式,并超越所给的信息。

③ 评价：对知识转化的过程进行检查。

2) 教学观

(1) 教学的目的在于理解学科的基本结构

学生理解了学科的基本结构,就容易把握整个学科的具体内容,使学习变得容易,有利于记忆学科知识,提高学习的内部动机,促进学习迁移的发生以及智力发展。可以看出,布鲁纳特别强调基本知识结构化的教学思想,把学科的基本结构放在设计课程和编写教材的中心地位。

(2) 提倡发现学习

发现学习,就是让学生独立思考,提出假设,进行验证,自己发现要学习的概念、规则等知识。学生的学习不应该是被动接受知识的过程,而应该是主动发现的过程,最重要的是形成一种探究新情境的态度和掌握发现学习的方法。通过发现学习的方式,将学科的基本结构转变为学生头脑中的认知结构。在教学过程中,学生应是一个积极的探究者,教师的作用不是为学生提供现成的答案,而是为学生提供能够独立探究的教学情境。

(3) 学科基本结构的教学原则

① 动机原则：学生具有 3 种最基本的动机,即好奇内驱力(求知欲)、胜任内驱力(成功欲望)和互惠内驱力(人与人之间和睦共处的需要)。发现学习是激发学生内部动机的有效方式。

② 程序原则：根据学科知识的基本结构安排教学顺序。如果教学顺序符合学科的基本结构,则可以称为"最佳教学程序"。

③ 结构原则：教学应明确学科的基本结构及内部关系,按教材的基本结构组织,实施结构化教学。可以用动作、图像和符号等方式呈现,促进学生形成认知结构。具体教学中采用哪种方式,教师应根据学生的认知发展水平、经验水平和教材性质而定。

考点分析 布鲁纳的认知发现学习理论不仅是考试大纲中的"掌握类"知识点,也是历年考试的重点。考生应从如下几个方面进行准备。

① 对于学习观

- 认知生长与表征理论,按简答题准备。
- 认知结构的定义和作用,按选择题、填空题和简答题准备。
- 学习所涉及的 3 个过程,按选择题、填空题准备。

② 对于教学观

- 学科的基本结构和发现学习的定义,按选择题、填空题准备。

- 学科基本结构的教学原则,按简答题准备。
- 要能结合具体教学实例对学科基本结构的教学原则进行阐述,可能以论述题的形式进行考查。

人物简介

布鲁纳

——教育心理学界的常青树

杰罗姆·布鲁纳(Jerome Seymour Bruner,1915—),出生于美国纽约。1937年获杜克大学学士学位。1938年转入哈佛大学主修心理学,1941年获哲学博士学位。第二次世界大战中,应征到盟军最高司令部艾森豪威尔总司令部担任心理福利事务工作。1945年返回哈佛大学,1952年升任心理学教授。20世纪60年代初期,积极参加美国教育改革的领导和指导工作。1960年协助建立哈佛大学认知研究中心,并任主任。1965年被选为美国心理学会主席。1972—1980年任英国牛津大学瓦茨实验心理学教授。1980年返回美国任纽约大学的人文学科新学院院长。

4. 奥苏伯尔的有意义接受学习理论

1) 学习的分类

(1) 有意义学习的实质,就是符号所代表的新知识与学习者认知结构中已有的适当观念建立起非人为的和实质性的联系。所谓"非人为的"是指新知识与已有观点的联系是合理的或有逻辑基础的。"实质性的"是指新知识与已有观点之间的联系是在理解后建立的,而不是字面上的联系。

(2) 机械学习就是学习者并没有理解符号所代表的知识,只是依据字面上的联系记住某些符号的词句或组合,死记硬背。

2) 有意义学习的条件

(1) 有意义学习的客观条件

有意义学习的学习材料本身必须具有逻辑意义。这里所说的逻辑意义是用心理学标准来衡量的,它是针对学习者能否理解而言的。即使是材料本身有逻辑意义,但如果超出学习者的理解范围,也无法进行有意义学习。

(2) 有意义学习的主观条件

① 学习者要有学习的心向,即把新学的内容与原有知识加以联系的倾向性。

② 在学习者的认知结构中必须具备恰当的知识,以便与新知识相联系。是否具备恰当的知识主要表现在 3 个方面:是否具有对新概念起固着点作用的有关概念;新旧概念之间的区别程度;起固着点作用的概念是否稳定、清晰。

③ 学习者必须积极主动地使具有潜在意义的新知识与已有的适当知识发生相互作用,使潜在意义转化为心理意义,使新知识获得实际意义。

3) 接受学习和发现学习

① 接受学习是指教师把学习内容以定论的形式传授给学生。对学生来讲,学习不包括任何发现,只是需要将学习内容与自己已有的知识相联系。

② 发现学习是指学习的内容不是以定论的形式给学生,而是由学生自己先从事某些心理活动,发现学习内容,然后再把这些内容与已有知识相联系。因此,发现学习和接受学习的根本区别在于学生在将新旧知识相联系之前是否有一个发现的过程。

③ 无论发现学习还是接受学习都既可能是机械的,也可能是有意义的。

4) 在教学中要遵守的两个原则

(1) 渐近分化原则

渐近分化原则是指教材的呈现或课堂教学内容的组织安排应该遵循从一般到具体、从整体到个别、按层次渐近分化的原则。也就是说,先讲述最一般的、包摄性最广的观念,然后按包摄性水平由高到低依次进行讲解。

(2) 综合贯通原则

综合贯通原则是指在组织安排教材时,除了从纵的方面遵循由一般到具体的渐近分化原则外,还要有意识地从横的方面将新旧知识密切联系起来,加以组织、整合、协调,融会贯通。

5) "先行组织者"教学策略

(1) 先行组织者的定义

所谓"先行组织者",是先于学习任务本身呈现的一种引导性材料,它的抽象、概括和综合水平高于学习任务,并且与认知结构中原有的观念和新的学习任务相关联。其目的是用来帮助学生确立意义学习的心向,在"已经知道的"与"需要知道的"知识之间架起桥梁,为新的学习内容提供观念上的固着点,起到引导和组织的作用,因此称为先行组织者。

(2) 先行组织者对教学的启示

在学生的认知结构中没有起固着点作用的概念之前就要求他们学习新内容,是学生出现机械学习的主要原因之一。因为认知结构不具备起固着点作用的有关概念,使新旧知识不能建立联系,新知识也失去了潜在意义,因而学习也就变成机械学习了。因此,设计先行组织者的目的就是增加新旧知识之间的内在联系,以利于学生进行有意义的学习,使新的知识变得易于理解,并促进学习迁移,提高学习效率。

考点分析　奥苏伯尔的有意义接受学习理论不仅是考试大纲中的"掌握类"知识点,也是历年考试的重点。考生应从如下几个方面进行准备。

① 学习分为有意义学习和机械学习,也可以分为接受学习和发现学习。考生应掌握这几种学习分类的定义,并能够进行比较。可能的考查形式为选择题、填空题和辨析题。

② 有意义学习的条件,按简答题准备。

③ 对于"渐进分化原则"、"综合贯通原则"和"先行组织者"要结合教学实例进行准备。可能的考查形式为简答题和论述题。

人物简介

奥苏伯尔
——博学的教育心理学家

奥苏伯尔(D. P. AuSubel,1918—2008),美国心理学家,纽约市立大学研究生院荣誉教授。1940 年、1943 年和 1950 年相继获得哥伦比亚大学心理学硕士学位、布兰迪斯大学医学博士学位和哥伦比亚大学发展心理学博士学位,先后曾任伊利诺斯大学教育研究所教授、纽约市立大学研究生院和大学中心教授,并且是美国心理学会、美国教育委员会、美国医学协会和白宫吸毒问题研究小组等组织机构的成员。他在医学、精神病理学和发展心理学等领域均颇有学术建树。在教育心理学领域中尤有突出的贡献和重大的影响。先后曾应邀赴德国、意大利、加拿大、日本、奥地利、澳大利亚等国和北欧的一些国家的著名大学讲学。著述甚丰,仅在教育心理学领域的主要著作就有:《儿童发展的理论与问题》相关图书(1958 年,合著)、《自我发展与人格失调》(1952 年)、《有意义言语学习心理学》(1963 年)、《教育心理学:认知观》(1968 年)、《学校学习:教育心理学导论》(1969 年)等;主要论文有:《有意义言语学习和保持的归属理论》(1962 年)、《组织者:一般背景与序列化言语学习》(1962 年)、《认知结构与有意义言语学习的促进作用》(1963 年)、《发现学习在心理与教育上的局限》(1964 年)、《学习理论和课堂实践》(1967 年)等。

3.1.4　建构主义学习理论

1. 建构主义学习理论的不同倾向

1) 个体建构主义

个体建构主义与认知学习理论有很大的连续性,认为学习是一个意义建构的过程,学习者通过新旧知识经验的相互作用,来形成、丰富和调整自己的认知结构的过程。探究式教学是个体建构主义在教学中的应用。

2) 社会建构主义

社会建构主义认为,学习是一个文化参与的过程,学习者是通过参与到某个共同体的实践活动中,来构建有关的知识。学习不仅是个体对学习内容的主动加工,而且需要学习者进行合作互动。因此,社会建构主义更关注学习和知识建构背后的社会文化机制,认为不同文化、不同环境下个体的学习和问题解决之间存在着很大的不同。认知学徒式、支架式以及情境式教学方式是社会建构主义在教学中的应用。

考点分析　　考生应掌握建构主义学习理论的两种倾向和每种倾向的典型教学方式。可能的考查形式为选择题和填空题。

2. 建构主义学习理论的基本观点

建构主义学习理论的基本观点分为知识观、学习观和学生观 3 部分。

1) 知识观

知识不是对现实的纯粹客观的反映,任何一种传载知识的符号系统也不是绝对真实的表征,只不过是人们对客观世界的一种解释、假设或假说,不是问题的最终答案,它必将随着人们认识程度的深入而不断地变革、升华和改写,出现新的解释和假设。

2) 学习观

学习是由学生自己建构知识的过程。学生不是简单被动地接收信息,而是主动地建构知识的意义。学习是学习者根据自己的经验背景,对外部信息进行主动的选择、加工和处理,对所接收到的信息进行解释,生成个人的意义或自己的理解。个人头脑中已有的知识经验不同,调动的知识经验相异,对所接收到的信息的解释就不同。

3) 学生观

学习者并不是空着脑袋进入学习情境的。在日常生活和以往各种形式的学习中,他们已经形成了有关的知识经验,对任何事情都有自己的看法。教学不是知识的传递,而是知识的处理和转换。教师与学生、学生与学生之间需要共同针对某些问题进行探索,并在探索的过程中相互交流和质疑,了解彼此的想法。

考点分析　　建构主义学习理论是新兴的学习理论。考生应理解和掌握建构主义学习理论的基本观点。此考点可能的考查形式为简答题。

3. 建构主义学习理论在教学中的应用

1) 支架式教学

支架式教学是借用建筑行业中使用的"脚手架"作为概念框架的形象化比喻,认为可以利用概念框架作为学习过程中的脚手架,首先为学习者建构对知识的理解提供概念框架的教学方法。脚手架(概念框架)主要由教师或学习同伴提供,随着活动的进行,逐渐减少外部支持,让学生独立活动,直到最后完全撤去脚手架。

支架式教学由以下几个环节组成。

(1)搭"脚手架",围绕当前学习主题建立概念框架;

(2)进入情境,独立探索,合作学习;

(3)效果评价,内容包括自主学习能力、对小组合作学习所作出的贡献、是否完成对所学知识的意义建构等。

2)(抛锚式)情境教学

建立在有感染力的真实事件或真实问题基础上的教学称为情境教学。有人把真实事件或问题形象地比喻为"抛锚",因为一旦这类事件或问题被确定了,整个教学内容和教学进程也就被确定了(就像轮船被锚固定一样),所以情境教学又被称为"抛锚式情境教学"。

抛锚式教学由以下几个环节组成。

(1)创设情境;确定问题,选择出与当前学习主题密切相关的真实性事件或问题作为学习的中心内容(选出的事件或问题就是"锚",这一环节就是"抛锚")。

(2)自主学习;合作学习。

(3)效果评价。

3)探究学习

探究学习是基于问题解决活动来建构知识的过程。在教学过程中,应该是通过有意义的问题情境,让学生通过不断地发现问题和解决问题,来学习与所探究的问题有关的知识,形成解决问题的技能以及自主学习的能力。换言之,探究学习是指学生积极主动地参与、主动地体验与实验,通过这些活动形成自己的知识与理解的学习方式。

4)合作学习

合作学习是指通过讨论、交流和观点争论,相互补充和修正,共享集体思维成果,完成对所学知识的意义建构的过程。合作学习主要是以互动合作(师生之间、学生之间)为教学活动取向的,以学习小组为基本组织形式,来共同达成教学目标。合作学习通常不以个人成绩作为评价的依据,而是以各个小组的总体成绩作为评价与奖励的标准。因此,合作学习有助于促进小组内部的合作,使学生在小组中能够尽其所能,相互帮助,得到最大程度的发展。

考点分析 考生应为每一个建构主义学习理论的教学模式准备一个教学实例。此考点可能以论述题的形式进行考查。

3.2　本章模拟试卷及参考答案

一、选择题(每题 2 分,共 30 分)

1. 下列现象中,属于学习现象的是(　　)。

　　A. 得了感冒全身无力　　　　　　　B. 害怕恶狗

　　C. 服用兴奋剂后,兴奋性增强　　　D. 蜜蜂会建巢

2. 学习者利用原有经验来进行新的学习,建立新旧经验之间的联系的过程是(　　)。

　　A. 接受学习　　　B. 发现学习　　　C. 意义学习　　　D. 机械学习

3. 我国学者根据(　　)的不同将学习分为知识的学习、技能的学习和社会规范的学习。

　　A. 学习主体　　　B. 学习结果　　　C. 学习性质　　　D. 学习内容

4. 下列属于学生学习的特点的是(　　)。

　　A. 有一定的目的和系统的计划　　　B. 学生自发的活动

　　C. 不需要指导　　　　　　　　　　D. 主要是直接经验的掌握

5. 按照学习进行的方式,奥苏伯尔把学习分为(　　)。

　　A. 有意义学习和接受学习　　　　　B. 有意义学习和机械学习

　　C. 接受学习和发现学习　　　　　　D. 发现学习和机械学习

6. 小老鼠通过尝试和错误解决"迷宫"问题属于(　　)。

　　A. 独立的发现学习　　　　　　　　B. 有指导的发现学习

　　C. 有意义学习　　　　　　　　　　D. 接受学习

7. 以下几位中(　　)是联结派的代表人物。

　　A. 斯金纳　　　B. 托尔曼　　　C. 皮亚杰　　　D. 布鲁纳

8. 观察学习理论是由(　　)提出来的。

　　A. 桑代克　　　B. 奥苏伯尔　　　C. 苛勒　　　D. 班杜拉

9. 以下的学习规律中(　　)不是巴甫洛夫提出的。

　　A. 习得律　　　B. 效果律　　　C. 消退律　　　D. 泛化律

10. 原本乘坐巴士会晕车的人,后来乘船、乘火车等也有类似的反应,这是(　　)。

　　A. 条件反射的消退　　　　　　　　B. 条件反射的泛化

　　C. 条件反射的分化　　　　　　　　D. 条件反射的习得

11. 孩子哭闹着要买玩具,母亲对其不予理睬,这是(　　)。

　　A. 正强化　　　B. 负强化　　　C. 惩罚　　　D. 消退

12. 古时候对"戴罪立功"的犯人一般会"从轻发落",这种"从轻发落"是（　　）。
    A. 消退　　　　　B. 惩罚　　　　　C. 强化　　　　　D. 分化

13. 班杜拉总结的学习过程的 4 个环节是（　　）。
    A. 注意→再现→模仿→练习
    B. 注意→保持→再现→动机
    C. 观察→模仿→练习→巩固
    D. 观察→练习→保持→动机

14. 小陈会抽烟，周围的同学都觉得很神奇，于是小李也学会了抽烟。但是小李回到家，在爸爸面前从来不抽烟。可见，小李学习中的动机过程属于（　　）。
    A. 正强化　　　　B. 负强化　　　　C. 自我强化　　　　D. 替代强化

15. 布鲁纳是（　　）学习观的代表人物。
    A. 结构主义　　　B. 建构主义　　　C. 行为主义　　　D. 要素主义

二、填空题（每空 1 分，共 10 分）

1. _____ 是由特定刺激所引发的、不随意的反射性反应，又称引发反应，是经典条件作用研究的对象。

2. _____ 是指个体在作出某种反应后，消除某种厌恶的刺激或不愉快的情境，从而使同类行为在类似情境中发生的概率增加。

3. 没有 _____ 的学习被称为潜伏学习。

4. 布鲁纳认为学习包括 _____、_____ 和 _____ 3 个过程。

5. _____ 就是让学生独立思考，提出假设，进行验证，自己发现要学习的概念、规则等知识。

6. _____ 是学习者并没有理解符号所代表的知识，只是依据字面上的联系，记住某些符号的词句或组合，死记硬背。

7. _____ 是指教材的呈现或课堂教学内容的组织安排遵循从一般到具体、从整体到个别、按层次渐近分化的原则。

8. _____ 是先于学习任务本身呈现的一种引导性材料，它的抽象、概括和综合水平高于学习任务，并且与认知结构中原有的观念和新的学习任务相关联。

三、辨析题（每题 5 分，共 20 分）

1. "鹦鹉学舌"属于学习现象。

2. "通过认真地复习，我对取得好的成绩越来越有信心，并因此更加努力地学习。"这是"自我强化"的作用。

3. 满意的结果会促使个体趋向和维持某一行为，而烦恼的结果则会使个体逃避和放弃某一行为，这说明个体在学习中会遵循"练习律"。

4. "学习是主体在头脑内部形成认知结构的过程"是联结学习理论的观点。

四、简答题(每题 5 分,共 20 分)

1. 简述建构主义的基本观点。

2. 简述强化理论的教学应用。

3. 简述联结学习理论和认知学习理论的主要观点。

4. 简述建构主义理论在教学上的应用。

五、论述题(每题 10 分,共 20 分)

1. 论述布鲁纳的发现学习理论。

2. 论述奥苏伯尔的有意义接受学习理论及其教学应用。

【模拟试卷参考答案】

一、选择题

题号	1	2	3	4	5	6	7	8	9	10	11	12	13	14	15
答案	B	C	D	A	C	A	A	D	B	B	D	C	B	D	A

二、填空题

1. 应答性反应

2. 负强化

3. 强化

4. 获得,转化,评价

5. 发现学习

6. 机械学习

7. 渐进分化原则

8. 先行组织者

三、辨析题

1.【正确】。

2.【正确】。

3.【错误】。这是效果律。

4.【错误】。这是认知学派的学习理论。

四、简答题

1.

答:建构主义学习理论的基本观点分为知识观、学习观和学生观 3 部分。

（1）知识观

知识不是对现实的纯粹客观的反映,任何一种传载知识的符号系统也不是绝对真实的表征,只不过是人们对客观世界的一种解释、假设或假说。

（2）学习观

学习是由学生自己建构知识的过程。学生不是简单被动地接收信息,而是主动地建构知识的意义。每个学生头脑中已有的知识经验不同,调动的知识经验相异,对所接收到的信息的解释就不同。

（3）学生观

学习者并不是空着脑袋进入学习情境的。在日常生活和以往各种形式的学习中,他们已经形成了有关的知识经验,对任何事情都有自己的看法。教学不是知识的传递,而是知识的处理和转换。

2.

答:强化理论在教学上的应用体现在奖励和惩罚的使用上。

（1）强化的应用

在教育教学中使用强化时应注意以下几点。

① 应用奖励要及时。

② 没有某一种奖励适合所有的人,要采用适当的奖励方式。

③ 注意避免外部奖励对内部兴趣的破坏,避免不必要的强化。

（2）惩罚的应用

一般来说,要尽可能少用惩罚,在使用惩罚时应注意以下几点。

① 惩罚应用也要及时,在学生出现某种不被允许的行为后立即给予惩罚。

② 在惩罚时,要选择替代性反应进行强化,即应指出正确的反应。

3.

答:联结主义学习理论认为:一切学习都是通过条件作用,在刺激和反应之间建立直接联结的过程。强化在刺激—反应联结的建立中起着重要作用。个体学习到的是习惯。

认知学习理论认为:学习不是在外部环境的支配下被动地形成刺激—反应联结,而是主动地在头脑内部构造认知结构;学习不是通过练习与强化形成反应习惯,而是通过顿悟与理解获得期待;个体的学习不仅依赖于当前的刺激情境,而且依赖于原有的认知结构;学习受主体的预期所引导,而不是受习惯所支配。

4.

答:建构主义学习理论在教学上的应用体现在以下4种教学模式上。

（1）支架式教学:认为可以利用概念框架作为学习过程中的脚手架,首先为学习者建构对知识的理解提供概念框架的教学方法。脚手架（概念框架）主要由教师或学习同伴提供,随着活动的进行,逐渐减少外部支持,让学生独立活动,直到最后完全撤去脚手架。

（2）（抛锚式）情境教学：建立在有感染力的真实事件或真实问题基础上的教学称为情境教学。一旦这类事件或问题被确定了,整个教学内容和教学进程也就被确定了,情境教学又称为抛锚式情境教学。

（3）探究学习：基于问题解决活动来建构知识的过程。在教学过程中,应该是通过有意义的问题情境,让学生通过不断地发现问题和解决问题,来学习与所探究的问题有关的知识,形成解决问题的技能以及自主学习的能力。

（4）合作学习：是指通过讨论、交流和观点争论,相互补充和修正,共享集体思维成果,完成对所学知识的意义建构的过程。

五、论述题

1.

答：布鲁纳的认知发现学习理论分为学习观和教学观两部分。

（1）学习观

① 认知生长和表征理论：通过认知的生长,在头脑中可以建立一个储存信息的内部系统,学生可以凭借这个内部系统解决生活和学习中的各种问题。认知的生长是一个表征系统不断形成的过程。可以分为动作表征阶段、映像表征阶段和符号表征阶段。

② 学习的实质是主动地形成认知结构。

③ 学习包括获得、转化和评价3个过程。

（2）教学观

① 教学的目的在于理解学科的基本结构。

② 提倡发现学习。

③ 学科基本结构的教学原则有动机原则、程序原则和结构原则。

动机原则：学生具有3种最基本的动机,即好奇内驱力（求知欲）、胜任内驱力（成功欲望）和互惠内驱力（人与人之间和睦共处的需要）。发现学习是激发学生内部动机的有效方式。

程序原则：根据学科知识的基本结构安排教学顺序。如果教学顺序符合学科的基本结构,则可以称为"最佳教学程序"。

结构原则：教学应明确学科的基本结构及内部关系,按教材的基本结构组织实施结构化教学。可以用动作、图像和符号等方式呈现,促进学生形成认知结构。具体教学中采用哪种方式,教师应根据学生的认知发展水平、经验水平和教材性质而定。

2.

答：奥苏伯尔认为,有意义学习的实质就是符号所代表的新知识与学习者认知结构中已有的适当观念建立起非人为的和实质性的联系。接受学习是指教师把学习内容以定论的形式传授给学生。有意义学习的发生需要 4 个条件。

（1）有意义学习的学习材料本身必须具有逻辑意义。

（2）学习者要有学习的心向，即把新学的内容与原有知识加以联系的倾向性。

（3）在学习者的认知结构中必须具备恰当的知识，以便与新知识相联系。是否具备恰当的知识主要表现在 3 个方面：是否具有对新概念起固着点作用的有关概念；新旧概念之间的区别程度；起固着点作用的概念是否稳定、清晰。

（4）学习者必须积极主动地使具有潜在意义的新知识与已有的适当知识发生相互作用，使潜在意义转化为心理意义，使新知识获得实际意义。

无论发现学习还是接受学习都有可能是机械的，也可能是有意义的。

在教学中要遵守的两个原则如下。

（1）渐近分化原则：是指教材的呈现或课堂教学内容的组织安排，应该遵循从一般到具体、从整体到个别、按层次渐近分化的原则。也就是说，先讲述最一般的、包摄性最广的观念，然后按包摄性水平由高到低依次进行讲解。

（2）综合贯通原则：是指在组织安排教材时，除了从纵的方面遵循由一般到具体的渐近分化原则外，还要有意识地从横的方面将新旧知识密切联系起来，加以组织、整合、协调，融会贯通。

第4章

学习动机

4.1　本章考核知识点分析

【本章考核目标】

1. 了解学习动机、自我效能感等基本概念；了解学习动机的基本成分。

2. 理解学习动机的分类；学习动机与学习效果的关系；需要层次理论；影响学习动机形成的因素。

3. 掌握学习动机培养的方法；分析成就动机理论、成败归因理论和自我效能感理论对学习动机培养和激发的启发作用。

4.1.1　学习动机概述

1. 学习动机的含义

1) 动机及其功能

(1) 动机

引起和维持个体的活动，并使活动朝向某一目标的内部心理过程或内部动力。

(2) 动机的功能

激活：动机是人们从事某种活动的原因，是推动人们进行某种活动的内部动力。

指向：在动机的支配下，有机体的行为指向一定的目标或对象。

强化：当动机引起某种活动之后，动机并不能也不会立即停止，而是继续发挥其作用。

考点分析　本考点是考试大纲中的"了解"类型的知识点。考生应了解动机的定义和功能。本知识点可能的考查形式为填空题、选择题和简答题。

2）学习动机及其基本成分

（1）学习动机

学习动机是激发个体进行学习活动，维持已引起的学习活动，并致使行为朝向一定的学习目标的一种内在过程或内部心理状态。

（2）学习动机的基本成分

学习动机包括学习需要和学习期待。

学习需要：个体在学习活动中感到缺乏、不平衡而力求获得满足的心理状态。它的主观体验形式是学习者的学习愿望或学习意向。它包括学习的兴趣、爱好和学习的信念等。

学习期待：个体对学习活动所要达到目标的主观意向。在完成学习活动之前，这个预期结果是以观念的形式存在于头脑之中的。

考点分析 本考点是考试大纲中的"了解"类型的知识点。考生应重点掌握学习动机的定义。本知识点可能的考查形式为填空题和选择题。

2．学习动机的种类

1）内部学习动机和外部学习动机

（1）内部学习动机：由学生内在心理因素转化而来的学习动机。

（2）外部学习动机：由外在力量激发产生的学习动机。

表4-1所列为内部学习动机和外部学习动机在持续时间和主动性上的差异。应该注意将学生的外部学习动机转化为内部学习动机。

表 4-1　内部学习动机和外部学习动机的比较

动机种类	持续时间	主/被动
内部学习动机	较长	主动
外部学习动机	较短	被动

2）认知内驱力、自我提高内驱力和附属内驱力

奥苏伯尔将学习动机分为认知内驱力、自我提高内驱力和附属内驱力3种。

（1）认知内驱力：要求了解和理解的需要，要求掌握知识的需要，以及系统地阐述问题并解决问题的需要。

（2）自我提高内驱力：个体因自己对胜任能力或工作能力而赢得相应地位的需要。

（3）附属内驱力：一个人为了保持他人的赞许或认可而表现出来的把工作做好的需要。

考点分析　　　本考点是考试大纲中"了解"类型的知识点。考生应能比较内部学习动机和外部学习动机的特点，并清楚奥苏伯尔关于学习动机的分类。本知识点可能的考查形式为填空题和选择题。

3）学习动机与学习效果的关系

学习动机的性质一方面决定学习的方向和进程，另一方面也影响学习的效果。但现实中也常存在着学习动机与学习效果不一致的情况。

学习动机是影响学习行为、提高学习效果的一个重要因素，是学习过程中不可缺少的条件，但却不是唯一的条件。因此，在教学过程中，教师不但应重视激发学习动机因素，同时还应针对具体情况进行具体分析，注意改善学生的主客观条件，以便使二者保持一致。

考点分析　　　考生要清楚学习动机不能决定学习效果，而且并不是学习动机越高学习效果越好，有可能出现二者不一致的情况。本知识点可能的考查形式为辨析题和简答题。可能的考题如下。

辨析题

学习动机对学习结果具有决定作用。

解答与分析：此判断错误。学习动机是影响学习行为、提高学习效果的一个重要因素，是学习过程中不可缺少的条件，但不是决定条件。

4.1.2　学习动机的理论

1. 强化理论

1）基本观点

行为主义认为，在人类行为的习得过程中，强化是一项必不可少的因素，它使外界刺激与学习者的反应之间建立联结，并通过不断的重复而使二者的联系进一步加强和巩固，从而达到"学会了"的地步；而动机则是由外部刺激引起的一种对行为的激发和强化力量。

2）评价

强化理论只强调了引起学习行为的外部力量（外部强化），而忽视了人的学习行为的自觉性与主动性（自我强化），因而有较大的局限性。

3）强化的类型

从强化物性质分为物质强化和精神强化。

斯金纳将强化分为正强化和负强化两种。

班杜拉将强化分为以下3种：

（1）直接强化：即通过外部因素对学习行为予以强化；

（2）替代性强化：即通过一定的榜样来强化相应的学习行为或学习行为倾向；

（3）自我强化：即学习者根据一定的评价标准进行自我评价和自我监督来强化相应的学习行为。

考点分析 重点掌握强化的分类。本知识点可能的考查形式为填空题和选择题。

2. 需要层次理论

1）基本观点

如图 4-1 所示，美国教育心理学家马斯洛把人的需要按其出现的先后及强弱分为高低不同的 5 个层次。

（1）生理需要：人对食物、水分、空气、睡眠、性等的需要。这类需要是人最基本的需要。

（2）安全需要：表现为人们要求稳定、安全、受到保护、有秩序、能免除恐惧和焦虑等。

（3）社交需要：也称爱与归属需要，包括被人爱与热爱他人，希望交友融洽，保持友谊，和谐人际关系，被团体接纳，成为团体一员，有归属感。

图 4-1 马斯洛的需要层次模型

（4）尊重需要：主要表现为自尊和受到别人的尊重。

（5）自我实现：即追求自我理想的实现，是充分发挥个人潜能、才智的心理需要，也是一种创造和自我价值得到体现的需要。

其中前 4 个层次可以统称为缺失需要，是人们生存所必需的；第 5 层次称为生长需要，虽然不是人们生存所必需的，但对于适应社会有重要作用和意义。马斯洛按如下原则排列人类需要的层次。

（1）人类必须先得到基本需要的满足，然后才会追求高层次需要的满足。

（2）人类的需要与个体的生存发展密切相关。一个人出生时，最主要是满足生理需要，然后才逐步考虑到安全、社交、尊重，最后才追求自我实现。

（3）人类需要的高低层次与个体的生存有关。基本需要为生存所必需；在维持个体生存意义上，较高层次的需要没有基本需要重要。

（4）一个理想的社会，除了应该满足人们的基本需要之外，还要使人们满足较高层次的需要，并鼓励个人追求自我实现。

2）主要不足

（1）马斯洛的需要层次理论是机械地满足上升的层次论；

（2）马斯洛的自我实现途径是脱离社会实践的、封闭的方式；

（3）需要层次论带有假设性质，缺乏客观测量指标，是抽象地谈论人的需要与自我实现。

考点分析 掌握需要层次理论的基本观点，明确需要层次的排列规则。本知识点可能的考查形式为填空题、选择题、辨析题和简答题。可能的考题如下。

辨析题

按马斯洛的观点，一个学生在生理需要和安全需要得不到满足时是不可能努力学习的。

解答与分析：此判断正确。按照马斯洛的观点，人类必须先得到基本需要的满足，然后才会追求高层次需要的满足。而生理和安全的需要是较低层次的需要，要先得到满足。

3. 成就动机理论

1）成就动机的定义与成就动机理论的基本观点

（1）成就动机的定义

成就动机指在人的成就需要的基础上产生的动机，它是激励个体对自己所认为重要的或有价值的工作乐意去做，并努力达到完善地步的一种内部推动力量。

（2）成就动机理论的基本观点

麦克里兰认为，高的成就需要与成功行为有很高的相关性。成就需要高的人，通常表现出对问题喜欢承担个人责任，他们希望事业的成功和问题的解决不是靠运气和外界因素，而是靠自己的能力；而失败导致的是加倍的努力。

阿特金森的研究表明，成就动机由两种有相反倾向的部分组成，一种称为力求成功，即人们追求成功和由成功带来的积极情感的倾向性；另一种称为避免失败，即人们避免失败和由失败带来的消极情感的倾向性。据此可以区分两种不同的人：

① 避免失败者：选择较为容易完成的任务。

② 力求成功者：喜欢选择具有挑战性的事情。

2）成就动机理论在教学中的应用

对力求成功者，教师应通过给予他们更多新颖且有一定难度的任务、创设竞争的情境、严格评定分数等方式来激发其学习动机。

对于避免失败者，则应安排竞争少或竞争性不强的情境，如果取得成功则要及时表扬给予强化，评定分数时应尽量放宽，还应避免当众指责或批评他们。

考点分析 重点掌握成就动机理论中关于学生的分类及其在教学中的应用。本知识点可能的考查形式为填空题、选择题、简答题和论述题。

4. 成败归因理论

1）基本观点

所谓归因理论是关于人们如何解释自己或他人的行为，以及这种解释如何影响他们的情绪、动机和行为的心理学理论。美国心理学家伯纳德·韦纳（B. Weiner）于1972年提出了三维度的归因模式，即控制点、稳定性、可控性 3 个维度。根据控制点维度，可将原因分成内部和外部；根据稳定性维度，可将原因分为稳定的和不稳定的；根据可控性维度，又可将原因分为可控的和不可控的。韦纳同时指出，多数情况下，人们只把成功与失败的结果归结为个人的能力、自己做出的努力程度、工作任务的难度和运气 4 个因素（参见表 4-2）。

表 4-2　韦纳归因分类表

维　度	内　部		外　部	
	稳定	不稳定	稳定	不稳定
不可控	能力、天资	心境、疲劳	任务难度	运气
可控	持久努力	一时努力	他人偏见	他人帮助

考点分析　不同成功与失败因素的归因类型可能以辨析题的形式考查。可能的考题如下。

辨析题

韦纳认为，天资、能力、心境、努力等属于内部因素，同时也是不可控因素。

分析与解答：此判断错误。努力虽然属于内部因素，但是属于可控因素。

2）成败归因理论的教育应用

当把成功归因为内部、稳定和可控因素时对个体影响较大；当把失败归因为外部、不稳定和不可控因素时对个体影响较小。

教师要教会学生正确地对成败进行归因，不屈服于环境的影响，并形成正确的自我意识系统。

考点分析　结合实例掌握成败归因理论在教学中的应用。本知识点可能的考查形式为简答题和论述题。

5. 自我效能感理论

1）自我效能感的定义和自我效能感理论的基本观点

自我效能感指人们对自己是否能够成功地从事某一成就行为的主观判断（班杜

拉,1977)。班杜拉认为人的行为受行为结果与先行因素的影响。

(1) 行为结果:即强化,包括直接强化、替代性强化和自我强化。

(2) 先行因素:即期待,包括结果期待和效能期待。结果期待指个体对自己的某种行为会导致某一结果的推测;效能期待指个体对自己能否实施或完成某种成就行为的能力的判断。

考点分析　　自我效能感的定义和组成部分可能以填空题、选择题和简答题的形式考查。可能的考题如下。

填空题

_____指人们对自己是否能够成功地从事某一成就行为的主观判断。

解答与分析:此处应填写"自我效能感"。

2) 影响自我效能感的因素

(1) 成败经验:个体的成败经验对自我效能感的影响最大。

(2) 对他人的观察:对能力与自身相差不多的人的观察对自我效能感的影响最大。

(3) 言语劝说:缺乏经验基础的言语劝说对自我效能感的影响不大;而对那些在直接经验或替代性经验的基础上相信自己能力的人影响大。

(4) 情绪和生理状态:过度焦虑和烦恼使人低估自己的能力判断,疲劳和烦恼会使人感到难以胜任任务;成功时的积极情绪和失败时的消极情绪也能使自我效能感判断发生变化。

考点分析　　影响自我效能感的因素可能以填空题、选择题和简答题的形式考查。

4.1.3　影响学习动机形成的因素

1. 影响学习动机形成的内部因素

1) 学生的自身需要和目标结构

学生树立的目标不同,形成的目标结构不同,影响学生的动机和学习。目标是明确的、中等难度的、近期便可达到的,便会加强学生的动机和完成目标任务时的持久性。这是由于具体的目标提供了判断行为的标准,中等难度的目标提供了一种挑战,近期可达到的目标不会被日常事务所干扰。

如表4-3所示,课堂上学生通常有两类不同的目标:以掌握所学内容为定向的掌握目标和以成绩为定向的成绩目标。两类目标对学生动机形成的影响是大不相同的。

表 4-3 课堂上两类目标对动机形成的影响

	掌 握 目 标	成 绩 目 标
关注点	掌握所学的内容	自身行为表现、别人的评价
坚持性	较强的坚持性	坚持性较差
归因	成功归因于学习方法（内因归因）	成功归因于运气、能力和课题；失败归因于任务难度和运气（外因归因）

2）成熟与年龄的特点

在动机表现方面，幼年的孩子对于社会的影响、家长的过高要求常常是不予理睬的。随着年龄的增长，社会性的动机作用才逐渐增长。

3）性格与个别差异

学生本人的兴趣、爱好、意志品质等都影响学习动机的形成。

4）学生的抱负水准

抱负水准是学生依据对自身能力以及外部环境等方面的评估而为自己确定的发展目标。过高或过低的抱负水准都不利于良好动机的形成。学生在学习上确立适合自己的抱负水准对学习动机的形成非常重要。

5）学生的焦虑程度

焦虑是指学生在担心不能成功地完成任务时产生的不舒适、紧张、担忧的感觉。中等程度的焦虑对学习动机的形成是有益的。

2．影响学习动机形成的外部因素

1）家庭条件与社会舆论

不同的社会条件对学生有不同的要求，社会要求通过家庭对学生的学习动机产生影响。家庭的文化背景、精神面貌对学习动机的形成也起重要作用。

2）教师的榜样作用

教师在学生学习动机形成中是一个十分强有力的因素。首先，教师本人是学生学习动机的榜样。教师的期望也会对学生的动机和行为产生不同的影响。此外，教师还是沟通社会、学校的要求与学生的成长，形成正确动机的纽带。

考点分析 考生要了解影响学习动机的外部因素，理解影响学习动机的内部因素。外部因素中的焦虑水平和抱负水准可能以辨析题的形式考查，考生应注意二者的适当性。影响学习动机的内、外部因素有可能以简答题的形式考查。可能的考题如下。

辨析题

抱负水准是学生依据对自身能力以及外部环境等方面的评估而为自己确定的发

展目标。学生的抱负水平越高越容易成功。

解答与分析：此判断错误。过高或过低的抱负水准都不利于良好动机的形成。学生应确立适合自己在学习上的抱负水准。

4.1.4　学习动机的培养与激发

1. 学习动机的培养

1) 利用学习动机与学习效果的互动关系培养学习动机

学习动机一方面决定学习的方向和进程，另一方面也影响学习的效果。学习动机影响学习积极性实现。但是学习效果也可以反作用于学习动机。

(1) 学习效果好→努力与所取得的收获成正比→学习动机强化→巩固了新的学习需要→学习更有成效(形成良性循环)。

(2) 不良学习效果→努力与所取得的收获成反比→学习动机弱化→削弱了新的学习需要→更差的学习效果(形成恶性循环)。

学习上的恶性循环转变成良性循环的关键在于：改变学生的成败体验，使他获得学习上的成就感；改善学生的知识技能掌握情况，弥补其基础知识和基本技能方面的欠缺。在教学中应做到以下几点。

(1) 学生的成败感与他们的自我标准有关，教师应注意这种个别差异，使每个学生都体验到成功。

(2) 课题难度要适当，经过努力要可以完成，否则，总不能正确完成，就会丧失信心，产生失败感。

(3) 课题应由易到难地呈现。

(4) 在某一课题失败时，可先完成有关的基础课题，使学生下次在原来失败的课题上获得成功感。

(5) 学习的真正成功依赖于有效地掌握知识和技能。

2) 利用直接发生途径和间接转化途径培养学习动机

(1) 直接发生途径即因原有学习需要不断得到满足而直接产生新的更稳定、更分化的学习需要。

(2) 间接转化途径即由原来满足某种需要的手段或工具转化成新的学习需要。

从直接发生途径考虑，应尽量使学生原有的学习需要得到满足。动机是在需要的基础上产生的。当某种需要没有得到满足时，它就会推动人们去寻找满足的对象。学生的学习需要就是获得学习的好成绩，也就是获得学习的成就需要。

从间接转化途径考虑，应通过各种活动满足学生的其他需要和要求。

考点分析

如何培养学习动机为考试大纲中"掌握"类型的考点。考生须结合具体教学实例进行回答。可能的考查形式为简答题和论述题。

2. 学习动机的激发

1）创设问题情境，实施启发式教学

所谓创设问题情境，就是在教学过程中提出有一定难度的问题，使学生既感到熟悉，又不能单纯利用已有的知识和习惯的方法去解决，这时就激起了学生思维的积极性和求知的欲望，使学生进入"心求通而未通，口欲言而未能"的境界。为了有效地设置问题情境，教师应做到：

（1）熟悉教材：这是设置问题情境的基础；

（2）了解学生：因人而异地设置问题情境；

（3）贯彻始终：讲清重点，理清脉络，留下悬疑。

2）根据作业难度，恰当控制动机水平

动机强度与学习效率的关系并不是线性的关系，而是呈倒"U"形曲线关系。也就是说，学习动机的强度有一个最佳水平，即动机水平适中，此时的学习效率最高；而动机程度过强或过弱都会对活动的结果产生一定的阻碍作用。中等强度的动机水平最好。

如图 4-2 所示，耶克斯和多德森的研究表明：学习动机强度的最佳水平不是固定不变的，而是根据任务性质的不同而变化。学习任务较简单时，学习动机强度较高可达到最佳水平；学习任务较困难时，学习动机强度较低可达到最佳水平。

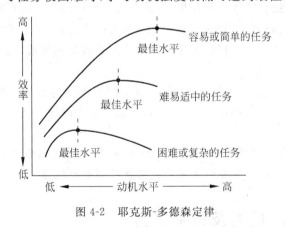

图 4-2　耶克斯-多德森定律

考点分析　　耶克斯-多德森定律为考试大纲中"理解"类型的考点。考生应清楚不同的学习任务具有不同的最佳动机水平，学习效率和学习动机水平的关系为倒"U"形曲线。本考点可能的考查形式为选择题、填空题、辨析题和简答题。

3）充分利用反馈信息，妥善进行奖惩

学习结果的反馈，就是将学习的结果信息提供给学生，包括学生自我反馈和教师反馈。

（1）多使用"双向反馈"：教师→学生→教师。

（2）恰当使用表扬和批评：表扬多于批评，但要因人而异。

4）正确指导结果归因，促使学生继续努力

韦纳将成败归因分为内部/外部、可控/不可控和稳定/不稳定 3 个维度。表 4-4 所示为不同归因对学生的影响情况。

表 4-4　不同归因对学生的影响

维　度	成　　功	失　　败
稳定	自信、自豪	自卑、羞耻
不稳定	基本不影响将来学习	
内部	积极自我意象	消极自我意象
外部	基本不影响自我意象的评价	
可控	信心	犯罪感
不可控	感激	仇恨

此外具有成功倾向的儿童的归因倾向于认为自己可以胜任大多数的学业挑战。因此，在他们的学习过程中，能力并不是一个重要的因素。学生们把成功和失败更多地看做与努力的质量有关系。与此相反，具有失败倾向的学生则更倾向于将失败归因于缺乏能力，将成功归因于偶然的外部因素，为失败而自责，但对于他们所取得的成功却很少感到自豪。他们觉得自己没法控制学业上的成功和失败，因此只好寻求回避失败以减轻痛苦。

不同的归因方式对个体日后的行为发展会产生不同的影响。教师在教育教学活动中应努力纠正学生的一些不正确的归因，尽量使每个学生都能得到充分的发展。

考点分析　如何激发学习动机为考试大纲中"掌握"类型的考点。考生需结合具体教学实例进行回答。可能的考查形式为简答题和论述题。

4.2　本章模拟试卷及参考答案

一、选择题（每题 2 分，共 30 分）

1. 以下（　　）学习动机属于内部动机。

　　A."万般皆下品，唯有读书高"

B. "书中自有颜如玉，书中自有黄金屋"

C. 读书是一种乐趣

D. "为中华之崛起而读书"

2. 以下对学习动机的作用，表述正确的一项是(　　)。

A. 学习动机的作用贯穿于学习活动的开始、进行和完成的全过程

B. 学习动机只对学习活动的发起起作用

C. 影响学习动机的因素就是学习者遇到的问题情境

D. 学习动机越高，学习的结果越好

3. 学习动机的强化理论是由(　　)学习理论家提出来的。

A. 格式塔派　　　B. 联结派　　　C. 认知派　　　D. 建构派

4. 需要层次论是由(　　)学派的心理学家(　　)提出的。

A. 人本主义　马斯洛　　　　　　B. 行为主义　班杜拉

C. 认知主义　苛勒　　　　　　　D. 人本主义　韦纳

5. 把学习者的学习动机分为"高成就动机"和"避免失败"的理论是(　　)。

A. 自我价值理论　　　　　　　　B. 成就动机理论

C. 成败归因理论　　　　　　　　D. 自我效能感理论

6. 最早提出"归因理论"的是(　　)。

A. 韦特海默　　　B. 罗特　　　C. 韦纳　　　D. 海德

7. 韦纳在前人的基础上，提出把成败归因中的(　　)分为稳定和不稳定的因素。

A. 控制点　　　B. 稳定性　　　C. 运气　　　D. 任务难度

8. 韦纳认为，学习动机中"稳定的内部因素"是指(　　)。

A. 努力　　　B. 能力　　　C. 任务难度　　　D. 运气

9. 自我效能感理论是(　　)提出来的。

A. 桑代克　　　B. 维果斯基　　　C. 班杜拉　　　D. 阿特金森

10. 以下说法正确的是(　　)。

A. 以外部动机为主，内部动机为辅

B. 应多给成绩好的学生奖励作为强化

C. 应根据学生学习动机的差别，鼓励学生的学习

D. 激励学生学习的最好方法是竞赛

11. 利用竞争激励学生的学习动机会带来的负面影响是(　　)。

A. 不利于提高学生的上进心

B. 不利于课堂气氛的活跃

C. 容易导致学生心理紧张和焦虑

D. 不利于激发学生个人的努力

12. 需要层次论中的成长性需要是指（　　　）。

  A. 自我实现的需要　　　　　　B. 归属与爱的需要

  C. 生理的需要　　　　　　　　D. 尊重的需要

13. 为了得到老师的肯定,证明自己的实力,小李异常勤奋地学习,他的这种动机属于（　　　）。

  A. 外部动机　　　B. 内部动机　　　C. 一般动机　　　D. 具体动机

14. 根据成就动机理论,避免失败的人在选择任务难度时倾向于选择（　　　）。

  A. 有一定挑战的任务　　　　　B. 与自己水平相当的任务

  C. 非常容易或非常难的任务　　D. 没主见,看别人怎么选

15. 内控型学生通常将个人成败的原因归结为（　　　）。

  A. 能力高低　　　B. 努力程度　　　C. 运气好坏　　　D. 任务难度

二、填空题（每空 1 分,共 10 分）

1. _____是要达到目标的主观意向。在完成学习活动之前,这个预期结果是以观念的形式存在于头脑之中的。

2. _____是个体因自己对胜任能力或工作能力而赢得相应地位的需要。

3. 班杜拉认为,人的行为受_____与_____影响。

4. _____是指学生在担心不能成功地完成任务时产生的不舒适、紧张、担忧的感觉。

5. 学习动机由_____和_____构成。

6. 动机的功能是_____、_____和_____。

三、辨析题（每题 5 分,共 20 分）

1. 焦虑对学习动机的形成只有不利影响。

2. 学习动机直接决定了学习效果。

3. 按马斯洛的观点,学生在生理需要和安全需要得不到满足时是不可能努力学习的。

4. 韦纳认为,天资、能力、心境、努力等属于内部因素,同时也是不可控因素。

四、简答题（每题 5 分,共 20 分）

1. 简述影响自我效能感的因素。

2. 简述影响学习动机形成的内部原因。

3. 简述学习动机与学习效果的关系。

4. 简述成败归因理论。

5. 简述耶克斯-多德森定律。

五、论述题（每题 10 分,共 20 分）

1. 论述成就动机理论及其在教学中的应用。

2. 论述培养学生良好学习动机的教学策略。

【模拟试卷参考答案】

一、选择题

题号	1	2	3	4	5	6	7	8	9	10	11	12	13	14	15
答案	C	A	B	A	B	C	B	B	C	C	C	A	A	C	B

二、填空题

1. 学习期待

2. 自我提高内驱力

3. 结果因素,先行因素

4. 焦虑

5. 学习需要,学习期待

6. 激活,指向,强化

三、辨析题

1.【错误】。适当的焦虑水平对学习动机的形成具有积极影响。

2.【错误】。学习动机对学习效果的影响是间接的。

3.【正确】。

4.【错误】。努力是内部因素,但是属于可控因素。

四、简答题

1.

答:影响自我效能感的主要因素有以下 4 个。

(1)成败经验:个体的成败经验对自我效能感的影响最大。

(2)对他人的观察:对能力与自身相差不多的人的观察对自我效能感的影响最大。

(3)言语劝说:缺乏经验基础的言语劝说对自我效能感的影响不大;而对那些在直接经验或替代性经验的基础上相信自己能力的人影响大。

(4)情绪和生理状态:过度焦虑和烦恼使人低估自己的能力判断,疲劳和烦恼会使人感到难以胜任任务;成功时的积极情绪和失败时的消极情绪也能使自我效能感判断发生变化。

2.

答:影响学习动机形成的内部原因有以下 5 个方面。

（1）学生的自身需要和目标结构：学生树立的目标不同，形成的目标结构不同，影响学生的动机和学习。目标是明确的、中等难度的、近期便可达到的，便会加强学生的动机和完成目标任务时的持久性。在课堂上学生通常有两类不同的目标：以掌握所学内容为定向的掌握目标和以成绩定向的成绩目标。掌握目标更有利于学生学习动机的形成。

（2）成熟与年龄的特点：在动机表现方面，幼年的孩子对于社会的影响、家长的过高要求常常是不予理睬的。随着年龄的增长，社会性的动机作用才逐渐增长。

（3）性格与个别差异：学生本人的兴趣、爱好、意志品质等都影响学习动机的形成。

（4）学生的抱负水准：抱负水准是学生依据对自身能力以及外部环境等方面的评估而为自己确定的发展目标。过高或过低的抱负水准都不利于良好动机的形成。学生应确立适合自己在学习上的抱负水准。

（5）学生的焦虑程度：焦虑是指学生在担心不能成功地完成任务时产生的不舒适、紧张、担忧的感觉。中等程度的焦虑对学习动机的形成是有益的。

3.

答：学习动机的性质一方面决定学习的方向和进程，另一方面也影响学习的效果。但现实中也常存在着学习动机与学习效果不一致的情况。

学习动机是影响学习行为、提高学习效果的一个重要因素，是学习过程中不可缺少的条件，但不是唯一的条件。

4.

答：所谓归因理论是关于人们如何解释自己或他人的行为，以及这种解释如何影响他们的情绪、动机和行为的心理学理论。美国心理学家伯纳德·韦纳（B. Weiner）于 1972 年提出了三维度的归因模式，即控制点、稳定性、可控性 3 个维度。这个理论称为成败归因理论。

5.

答：动机强度与学习效率并不是线性的关系，而是呈倒"U"形曲线关系。也就是说，学习动机的强度有一个最佳水平。耶克斯和多德森的研究表明：学习动机强度的最佳水平不是固定不变的，而是根据任务性质的不同而变化。学习任务较简单时，学习动机强度较高可达到最佳水平；学习任务较困难时，学习动机强度较低可达到最佳水平。

五、论述题

1.

答：成就动机理论的基本观点如下：

麦克里兰认为高的成就需要与成功行为有很高的相关性。阿特金森的研究表明成就动机由两种有相反倾向的部分组成,一种称为力求成功,即人们追求成功和由成功带来积极情感的倾向性;另一种称为避免失败,即人们避免失败和由失败带来的消极情感的倾向性。据此可以区分两种不同的人:

(1) 避免失败者:选择较为容易完成的任务。

(2) 力求成功者:喜欢选择具有挑战性的事情。

成就动机理论在教学中的应用有以下两点。

(1) 对于力求成功者,教师应通过给予他们更多新颖且有一定难度的任务、创设竞争的情境、严格评定分数等方式来激发其学习动机。

(2) 对于避免失败者,则应安排竞争少或竞争性不强的情境,如果取得成功则要及时表扬给予强化,评定分数时应尽量放宽,还应避免当众指责或批评他们。

2.

答:(1) 利用学习动机与学习效果的互动关系培养学习动机。

学习动机一方面决定学习的方向和进程,另一方面也影响学习的效果。学习动机影响学习积极性实现。但是学习效果也可以反作用于学习动机。在教学中应做到:

① 学生的成败感与他们的自我标准有关,教师应注意这种个别差异,使每个学生都体验到成功。

② 课题难度要适当,应当经过努力可以完成,否则,总不能正确完成,就会丧失信心,产生失败感。

③ 课题应由易到难呈现。

④ 在某一课题失败时,可先完成有关基础课题,使学生下次在原来失败的课题上获得成功感。

⑤ 学习的真正成功依赖于有效地掌握知识和技能。

(2) 利用直接发生途径和间接转化途径培养学习动机。

直接发生途径即因原有学习需要不断得到满足而直接产生新的更稳定、更分化的学习需要。

间接转化途径即由原来满足某种需要的手段或工具转化成新的学习需要。

从直接发生途径考虑,应尽量使学生原有的学习需要得到满足。动机是在需要的基础上产生的。当某种需要没有得到满足时,它就会推动人们去寻找满足的对象。学生的学习需要就是获得学习的好成绩,也就是获得学习的成就需要。

从间接转化途径考虑,应通过各种活动满足学生的其他需要和要求。

第5章

学习的迁移

5.1 本章考核知识点分析

【本章考核目标】

1. 了解迁移的概念及其分类。

2. 理解早期的 4 种迁移理论的基本观点；认知结构的变量对学习迁移的影响；影响学习迁移的因素。

3. 掌握如何应用有效的教学措施促进学习迁移。

5.1.1 学习迁移概述

1. 学习迁移的概念

学习迁移是一种学习对另一种学习的影响。也就是已获得的知识、技能、学习方法或学习态度对学习新知识、新技能和解决新问题所产生的一种影响；或者说是将学得的经验有变化地运用于另一情境。

2. 学习迁移的类型

1) 根据迁移的性质划分为正迁移和负迁移

正迁移：一种经验的获得对另一种学习起促进作用。

负迁移：一种经验的获得对另一种学习有干扰或阻碍作用。

2) 按迁移的方向划分为水平迁移和垂直迁移

水平迁移也叫横向迁移，是指学习的知识或技能等在相同水平上的迁移，是处于同一层次（抽象与概括程度相同）的学习间的相互影响。或者说先行学习内容与后继学习内容在难度、复杂程度和概括层次上属于同一水平的学习活动之间产生的影响。

水平迁移又分为顺向迁移和逆向迁移两种。

（1）顺向迁移：先行学习对后继学习的影响。

（2）逆向迁移：后继学习对先行学习的影响，即后面学习中所习得的经验影响前面学习中所习得的经验，引起原有认知结构的变化。

垂直迁移也叫纵向迁移，主要是指处于不同层次（概括与抽象的程度不同）的各种学习间的相互影响。或者说是先行学习内容与后继学习内容是不同概括和抽象水平的学习活动之间产生的影响。垂直迁移又分为自上而下的迁移和自下而上的迁移两种。

（1）自上而下的迁移：即上位的较高层次的经验影响着下位的较低层次的经验的学习。

（2）自下而上的迁移：即下位的较低层次的经验影响着上位的较高层次的经验的学习。

3）按迁移的内容划分为一般迁移和具体迁移

一般迁移也叫普遍迁移，是指一种学习中所习得的一般原理、原则和态度对另一种具体内容学习的影响，即将原理、原则和概念具体化，运用到具体的事例中。

具体迁移也叫特殊迁移，是指学习之间发生迁移时，学习者原有经验的组成要素没有发生变化，即抽象的结构没有变化，只是将一种学习中习得经验的组成要素重新组合并移用于另一种学习之中。

4）按迁移发生的学习情景划分为远迁移和近迁移

远迁移：个体将所学的经验迁移到与原来学习情境极不相似的其他情境。

近迁移：个体将所学的经验迁移到与原来学习情境比较相近的其他情境。

考点分析 此知识点通常以选择题、填空题或辨析题进行考查。考生应能根据具体实例判断迁移的类型（参考表5-1）。

表5-1 迁移种类举例

序号	迁 移 类 型	举 例
1	正迁移	学习小数对学习百分数的影响
2	负迁移	骑自行车对骑三轮车的影响
3	水平迁移	学习锐角三角形、钝角三角形和直角三角之间的影响
4	垂直迁移	先学习角的概念，再学习直角、锐角和钝角（自上而下的迁移） 先学习直角、锐角和钝角，再学习角的概念（自下而上的迁移）
5	一般迁移（普遍迁移）	学会"如何学习"对学习具体知识的影响
6	具体迁移（特殊迁移）	先学习加减乘除运算，再学习四则运算
7	远迁移	数学中学习的逻辑推理在物理、化学中的应用
8	近迁移	学会写《我的妈妈》，迁移到写《我的老师》

3．学习迁移的作用

(1) 迁移对提高解决问题的能力有直接促进作用；

(2) 迁移对学生毕业后适应社会起间接作用。

考点分析

　　此知识点通常以简答题进行考查。

5.1.2　学习迁移的基本理论

1．形式训练说

代表人物：18世纪，沃尔夫(德国)。

心理学基础：官能心理学。

基本观点：

(1) 人的心由各种官能组成；

(2) 心的各种成分(官能)各自独立，分别从事不同的活动；

(3) 官能可以通过锻炼而增强。

形式训练说把训练和改进心的各种官能作为教学的最重要目的。它认为学习的内容不甚重要，重要的是所学习的东西的难度和训练价值。它重视形式的训练，不重视内容的学习，因为形式训练是永久的。

2．相同要素说

代表人物：桑代克、伍德沃斯。

基本观点：

(1) 桑代克：通过实验证明不存在可以普遍迁移的能力，而相同要素可以迁移，共同心理机能就是共同刺激和反应的联结；

(2) 伍德沃斯的共同成分(相同要素)说：只有当学习情境和迁移测验情境存在共同的成分时，一种学习才能影响到另一种学习，即产生迁移。

局限：

学习上因有共同成分，不仅可产生积极性的迁移作用，同时也可以产生干扰。同时存在两种干扰。

(1) 前摄抑制：先前学习对于后继学习的干扰作用。

(2) 后摄抑制：后继学习对于先前学习的干扰作用。

考点分析

　　相同要素对学习到底是起促进作用还是起阻碍作用要视具体情况分析。此知识点通常以辨析题和简答题进行考查。可能的考题如下。

辨析题

两种学习中存在大量共同成分,则一定会发生正迁移。

解答与分析:此陈述错误。学习上有共同成分,不仅可产生积极性的迁移作用,同时也可以产生干扰,即产生负迁移。

3. 概括说(经验类化说)

代表人物:贾德(美国)。

基本观点:

在先期学习 A 中所获得的东西之所以能迁移到后期的学习 B,是因为在学习 A 时获得了一般原理,这种一般原理可以部分或全部运用于 A、B 之中。根据这一理论,两个学习活动之间存在的共同成分只是产生迁移的必要前提,而产生迁移的关键是,学习者在两种活动中概括出它们之间的共同原理。只要进行经验概括就可以完成情境间的迁移。

教育应用:

对教育来讲,重要的是在讲授教材时要鼓励学生对核心的基本的概念进行抽象或概括。抽象与概括的学习方法是最重要的方法。学生应该学会在学习时对知识进行思维加工,区别本质的和非本质的属性、偶然的和必然的联系,舍弃那些偶然的、非本质的东西,牢牢把握那些必然的、本质的东西。概括不能自动完成,而是与教学方法的选择有关(赫德里克森等人)。

考点分析 考生应重视概括说(经验类化说)在教育中的应用。此知识点可结合教学实例以简答题进行考查。可能的考题如下。

辨析题

根据经验类化说,迁移可以自动产生。

解答与分析:此判断错误。根据经验类化说,产生迁移的关键是,学习者在两种活动中概括出它们之间的共同原理,所以迁移不能自动产生。

4. 关系转换理论

代表人物:苛勒。

基本观点:

强调"顿悟"(insight)是迁移的一个决定因素。迁移不是由于两个学习情境具有共同成分、原理或规则而自动产生的,而是由于学习者突然发现两个学习经验之间存在关系的结果。人所迁移的是顿悟——两个情境突然被联系起来的意识。

转换现象受原先学习课题的掌握程度、诱因大小和练习量的影响。

5. 认知结构迁移理论

代表人物：奥苏伯尔(美国)。

基本观点：

(1) 不受原有认知结构影响的有意义学习是不存在的。

(2) 一切有意义的学习必然包括迁移,迁移是以认知结构为中介进行的,先前学习所获得的新经验通过影响原有认知结构的有关特征影响新学习。

(3) 凡有已形成的认知结构影响新的认知功能的地方就存在着迁移。

考点分析　认知结构迁移理论的基本观点有可能以简答题进行考查。

教学应用：

(1) 学生的认知结构是影响学习迁移的重要因素。

认知结构即学生头脑里的知识结构。广义地说,它是某一学习者的观念的全部内容和组织；狭义地说,它是学习者在某一特殊知识领域内的观念的内容和组织。认知结构直接影响有意义学习。

认知结构的加强能促进新的学习与保持,教学的目标就是使学生形成良好的认知结构。

(2) 认知结构的主要变量及其对学习迁移的影响。

奥苏伯尔认为,认知结构中影响学习迁移的主要变量是可利用性、可辨别性、稳定性和清晰性(参见表5-2)。

表5-2　认知结构中对迁移有影响的变量

变　量	解　释	作　用
可利用性	认知结构中是否有适当的起固定作用的观念可以利用	对新的学习能提供最佳联系和固着点
可辨别性	新的潜在有意义的学习任务与同化它的原有的观念系统的可以辨别的程度	当新、旧知识彼此相似又不完全相同,并且原先学习的知识又不牢固时,便会导致负迁移
稳定性和清晰性	固定作用的观念的稳定性和清晰性	有助于新的学习与保持

(3) 对认知结构迁移理论的评价。

奥苏伯尔从学生的认知结构方面研究了主要的认知结构变量对学习迁移的影响,是对学习迁移理论研究的深入。揭示了学习迁移的内部主观条件,尤其是他设计的先行组织者对迁移的影响,说明了概括性、包容性水平较高的认知结构在迁移中所起的作用,对教学工作具有指导意义。

考点分析 认知结构迁移理论有可能结合教学实例以简答题和论述题的形式进行考查。考生应特别注意认知结构中影响学习迁移的主要变量。

考点分析 考生应重点比较各种学习迁移理论基本观点的异同(可参考表5-3)。

表5-3 迁移学习理论的比较

名　　称	代 表 人 物	基 本 观 点
形式训练说	沃尔夫(德)	改进官能,强调学习的难度和训练效果
相同要素说	詹姆士(美)、桑代克(美)	学习中的相似成分促进迁移
概括说	贾德(美)	对经验的概括导致迁移
关系转换说	苛勒(德)	事物之间的关系促进迁移
认知结构迁移理论	奥苏伯尔(美)	凡是已形成的认知结构影响新的认知功能的地方就存在着迁移

5.1.3　促进学习迁移的教学策略

1. 影响学习迁移的主要因素

1) 相似性

相似性可能对学习产生正迁移,也可能产生负迁移。从客观条件来说,学习对象之间具有共同因素,并要求学习者作相同或相似的反应,这样迁移才更明显,迁移效果也更好。

2) 原有认知结构

(1) 学习者是否拥有相应的背景知识,这是迁移产生的基本前提条件。

已有的背景知识越丰富,越有利于新的学习,迁移越容易。

(2) 原有的认知结构的概括水平对迁移起到至关重要的作用。

原有认知结构的概括水平高,则发生迁移的可能性大。

(3) 学习者是否具有相应的认知技能或策略以及对认知活动进行调节、控制的元认知策略,对迁移的产生有重要影响。

掌握必要的认知策略和元认知策略是提高迁移发生可能性的有效途径。

3) 学习的心向与定势

(1) 心向和定势的定义

心向:指由先前影响所形成的一种倾向性的、往往不被意识到的心理准备状态,它将支配人以同样方式去对待同类后继活动。

定势:指在连续活动中发生的,前面的活动经验为后面的活动形成一种准备状

态。它使人倾向于在认识方面或外显行为方面以一种特定的方式进行反应。

（2）心向或定势对迁移产生的影响

心向或定势对迁移有双重作用。

当后面的作业是前面作业的同类课题时，定势能使后面的作业的反应更加容易实现，并且抑制与其竞争的反应倾向，对后面的课题的学习起促进作用。

当要学习的作业与先前的作业不是同类或者是需要灵活变通的相似作业时，定势就可能干扰后来作业的学习。

考点分析　　影响学习迁移的因素有可能以简答题进行考查。考生要特别注意心向与定势对学习迁移的双重作用，此知识点可能以辨析题考查。可能的考题如下。

辨析题

心向和定势对迁移只有不利影响。

解答与分析：此判断错误。心向对迁移既可能有促进作用，也可能起阻碍作用。

2. 促进学习迁移的教学策略

1）改革教材内容

根据同化理论，认知结构中是否有适当的起固定作用的观念可以利用，是决定新的学习与保持的重要因素。为了促进迁移，教材中必须有那种具有较高概括性、包容性和强有力的解释效应的基本概念和原理。兼顾学科自身的性质和学生的知识水平、智力状况及年龄特征和教学的循序渐进。

2）合理编排教学内容

（1）结构化：教材内容的各构成要素具有科学的、合理的逻辑联系，能体现事物的各种内在关系。

（2）一体化：教材的各构成要素能整合为具有内在联系的有机整体。

（3）网络化：是一体化的引申，指教材各要素之间上下左右、纵横交叉联系要沟通、要突出各种基本经验的联结点、联结线，这既有助于了解原有学习中存在的断裂带及断裂点，也有助于预测以后学习的发展带、发展点，为迁移的产生提供直接的支撑。

3）改进教材呈现方式

（1）从一般到个别，渐近分化。

依据学生认识事物的过程，教材的呈现或课堂教学内容的安排应符合从一般到个别、从整体到细节的顺序，即渐近分化原则。

（2）综合贯通，促进知识的横向联系。

依据知识的系统性和科学性，概念之间、原理之间、知识的前后连贯与单元纵横之间应体现出内在的关系和联系。

（3）教材组织系列化，确保从已知到未知。

依据学生学习的特点，教材组织应由浅入深，由易到难，从已知到未知。

4）教授学习策略，提高迁移意识

教师在教学中要重视引导学生对各种问题进行深入的分析、综合、比较、抽象概括，帮助学生认识问题之间的关系。寻找新旧知识或课题的共同特点，归纳知识经验的原理、法则、定理和规律的一般方法，发展学生分析问题和概括问题的能力。必须重视对学习方法的学习，以促进更有效的迁移。

考点分析　　促进学习迁移的教学策略是考试大纲中的"掌握类"知识点。此知识点可能结合教学实例以简答题和论述题的形式考查。

5.2　本章模拟试卷及参考答案

一、选择题（每题 2 分，共 20 分）

1. 已经获得的知识、动作技能、情感和态度等对新的学习的影响称为学习的（　　）。

　　A. 迁移　　　　　　B. 动机　　　　　C. 策略　　　　　D. 技巧

2. 先前学习对后继学习起到积极的促进作用的迁移称为（　　）。

　　A. 负迁移　　　　　B. 正迁移　　　　C. 垂直迁移　　　D. 一般迁移

3. 以下不是影响迁移的客观因素的是（　　）。

　　A. 教师指导　　　　　　　　　B. 学习材料特性

　　C. 媒体　　　　　　　　　　　D. 认知结构

4. 两种学习之间发生相互干扰、阻碍的迁移称为（　　）。

　　A. 正迁移　　　　　B. 横向迁移　　　C. 负迁移　　　　D. 纵向迁移

5. 如果迁移产生的效果是积极的，这种迁移是（　　）。

　　A. 正迁移　　　　　B. 顺向迁移　　　C. 特殊迁移　　　D. 知识迁移

6. 由于先前活动而形成的心理的一种特殊准备状态称为（　　）。

　　A. 迁移　　　　　　B. 变式　　　　　C. 定势　　　　　D. 原型启发

7. 由于处于同一概括水平的经验之间的相互影响而发生的迁移称为（　　）。

　　A. 顺向迁移　　　　B. 逆向迁移　　　C. 水平迁移　　　D. 垂直迁移

8. 下列属于影响迁移的个人因素的有（　　）。

　　A. 认知结构和态度　　　　　　B. 智力和学习环境

　　C. 年龄和学习材料　　　　　　D. 学习目标和态度

9. （　　）认为迁移是在对先前经验的概括基础上发生的。

　　A. 贾德　　　　　　B. 奥苏伯尔　　　C. 皮亚杰　　　　D. 苛勒

10. 由于具有较高的概括水平的上位经验与具有较低的概括水平的下位经验之间的相互影响而发生的迁移称为（　　）。

    A. 顺向迁移　　　B. 逆向迁移　　　C. 水平迁移　　　D. 垂直迁移

二、填空题（每空 2 分，共 20 分）

1. 学习汉语拼音后会对学习英语产生影响，这属于学习的_____现象。

2. 定势对迁移的影响表现为_____和_____两种。

3. 早期的迁移理论主要包括_____、相同元素说、_____和_____。

4. 日常教学中所谓的"举一反三"、"触类旁通"、"闻一知十"等现象，在教育心理学上称之为_____。

5. 从迁移的角度看，合理编排教学内容的标准就是使教材达到_____、一体化、_____。

6. _____是指原先的学习对于后来的学习起干扰作用。

三、辨析题（每题 5 分，共 30 分）

1. 根据相同要素说，迁移可以自动发生。

2. 知识和技能可以迁移，但是态度和情感不能迁移。

3. 心向和定势对学习迁移总是起促进作用。

4. 只要存在相似要素，迁移就能自动产生。

5. 学完直角以后再学锐角、平角、周角，这些学习之间的相互影响是水平顺向迁移。

6. 学完如何写《我的妈妈》的作文，对如何写《论"追星"的利弊》作文的影响是近迁移。

四、简答题（每题 5 分，共 20 分）

1. 举例说明学习中常见的迁移现象。

2. 简述迁移理论中的共同要素说的基本观点。

3. 简述影响学习迁移的主要因素。

4. 简述认知结构中对学习迁移有影响的主要变量。

五、论述题（20 分）

论述促进学生迁移能力的教学策略。

【模拟试卷参考答案】

一、选择题

题号	1	2	3	4	5	6	7	8	9	10
答案	A	B	D	C	A	C	C	D	A	D

二、填空题

1. 迁移

2. 积极,消极

3. 形式训练说,概括说,关系转换理论

4. 迁移

5. 结构化,网络化

6. 前摄抑制

三、辨析题

1.【正确】。

2.【错误】。知识、技能、态度和情感都可以发生迁移。

3.【错误】。心向和定势对学习迁移具有双重作用。

4.【错误】。概括说认为相似要素只是迁移发生的前提,对经验的概括是迁移发生的关键。

5.【错误】。是水平迁移。

6.【错误】。两个学习情境不相似,为远迁移。

四、简答题

1.

答:(1)正迁移:先前学习对后继学习的促进作用,如学习英语对学习法语的影响。

(2)负迁移:先前学习对后继学习的阻碍作用,如学习汉语拼音对学习英语字母的影响。

(3)水平迁移:是指学习的知识或技能等在相同概括水平上的迁移,如学习锐角三角形、钝角三角形和直角三角之间的影响。

(4)垂直迁移:是指学习的知识或技能等在不同概括水平上的迁移,如先学习角的概念,再学习直角、锐角和钝角。

(5)一般迁移:一种学习中所习得的一般原理、原则和态度对另一种具体内容学习的影响,如学会"如何学习"对学习具体知识的影响。

(6)具体迁移:是指学习之间发生迁移时,学习者原有经验的组成要素没有发生变化,即抽象的结构没有变化,如先学习加、减、乘、除运算,再学习四则运算

(7)远迁移:个体将所学的经验迁移到与原来学习情境极不相似的其他情境,如数学中学习的逻辑推理在物理、化学中的应用。

(8)近迁移:个体将所学的经验迁移到与原来学习情境比较相似的其他情境,如学会写《我的妈妈》,迁移到写《我的老师》。

2.

答:相同要素说又称共同成分说,其基本观点为:只有当学习情境和迁移测验情

境存在共同的成分时,一种学习才能影响到另一种学习,即产生迁移。

3.

答:影响学习迁移的主要因素有以下 3 种。

(1)相似性

相似性可能对学习产生正迁移,也可能产生负迁移。从客观条件来说,如果学习对象之间具有共同因素,并且学习者能够作相同或相似的反应,迁移就更明显,迁移效果就越好。

(2)原有认知结构

① 学习者是否拥有相应的背景知识,这是迁移产生的基本前提条件;

② 原有的认知结构的概括水平对迁移起到至关重要的作用;

③ 学习者是否具有相应的认知技能或策略以及对认知活动进行调节、控制的元认知策略对迁移的产生有重要影响。

(3)学习的心向与定势

心向:指由先前影响所形成的一种倾向性的、往往不被意识到的心理准备状态,它将支配人以同样方式去对待同类后继活动。

定势:指在连续活动中发生的前面的活动经验为后面的活动形成一种准备状态。它使人倾向于在认识方面或外显行为方面以一种特定的方式进行反应。

心向或定势对迁移有双重作用。

4.

答:奥苏伯尔认为,认知结构中影响学习迁移的主要变量是可利用性、可辨别性以及清晰性和稳定性。

(1)可利用性:认知结构中是否有适当的起固定作用的观念可以利用。

(2)可辨别性:新的潜在有意义的学习任务与同化它的原有的观念系统的可以辨别的程度。

(3)稳定性和清晰性:起固定作用的观念的稳定性和清晰性。

五、论述题

答:(1)改革教材内容。

(2)合理编排教学内容。要努力使教材达到结构化、一体化和网络化。

(3)改进教材呈现方式。

① 从一般到个别,渐近分化。

② 综合贯通。促进知识的横向联系。

③ 教材组织系列化,确保从已知到未知。

(4)教授学习策略,提高迁移意识性。

第6章

知 识 学 习

6.1 本章考核知识点分析

【本章考核目标】

1. 了解知识与知识学习的分类、记忆的 3 个系统。

2. 理解遗忘的规律及遗忘原因；工作记忆的特点。

3. 掌握运用信息加工学习原理，促进知识的获得和保持。

6.1.1 知识学习概述

1. 知识的分类

知识：对信息的表征，知识可以分为陈述性知识和程序性知识两类。

陈述性知识：描述或者识别客体、事件和观念；

程序性知识：执行某些身体或心理活动。

1）陈述性知识

（1）陈述性知识的定义

陈述性知识是指人类心智表征事实、观念与概念的方式，由于可以用口头或书面语言的方式来陈述这种知识，故而得名。

（2）陈述性知识的基本单元和表征方式

信息加工理论认为，陈述性知识的基本单元是组块。

安德森提出 3 种不同类型的组块：

① 时间序列：储存的是个体对事件发生的时间顺序的知觉；

② 表象：表征物体物理特征和空间结构的信息组块；

③ 命题：表征观念及概念间的有意义联系的信息组块，是一种基于语言的表征。

考点分析 考生应掌握陈述性知识的定义、基本单元和表征方式。本知识点可能的考查形式为填空题、选择题和简答题。可能的考题如下。

填空题

① 陈述性知识的基本单元是_____。

解答与分析：此处应填写"组块"。

②_____是表征物体的物理特征和空间结构的信息组块。

解答与分析：此处应填写"表象"。

2）程序性知识

（1）程序性知识的含义

① 程序性知识是指导个体如何执行动作技能和心智技能的知识。

② 程序性知识所表征的技能有一个重要特点：自动化，即个体在执行某一技能时已达到无须有意识地思考和决定每一步行为的程度。

（2）程序性知识的基本单元和表征方式

程序性知识的基本单元是产生式，每个产生式由条件和行动两部分组成。其中，条件部分储存了能够激发行为的环境条件和心理条件的有关信息；行动部分储存了指导心智或身体行动的信息。

考点分析 考生应掌握程序性知识的定义、基本单元和表征方式。本知识点可能的考查形式为填空题、选择题和简答题。

3）知识的联系

陈述性知识的整合与组织机制主要是图式或陈述性知识网络。

陈述性知识网络是指陈述性知识的组块被表征为相互联系的节点，从而形成由时间序列、表象及命题形成的网络。

程序性知识的整合与组织机制主要是产生式系统。产生式系统包含一系列产生式，它们逐个被激活，从而完成一个复杂行为。

4）知识分类的教学含义

区分陈述性知识与程序性知识对于教师的教学设计和实施非常重要。教师需要理解两种类型知识的性质、表征方式以及它们是如何被学习的，在此基础上才能进行有效教学。

考点分析 考生应明确陈述性知识与程序性知识的区别与联系。本知识点可能的考查形式为填空题、选择题、辨析题和简答题。可能的考题如下。

辨析题

陈述性知识的整合与组织机制主要是产生式系统。

解答与分析：此判断错误。陈述性知识的整合与组织机制主要是图式或陈述性知识网络。

2．知识学习的类别

1）符号学习、概念学习和命题学习

奥苏伯尔将知识学习分为符号学习、概念学习和命题学习3类。

（1）符号学习

符号学习是指学习单个符号或一组符号的意义，或者说学习符号本身代表什么，所以奥苏伯尔称其为"表征学习"。符号学习的主要内容是词汇学习。

（2）概念学习

概念学习指掌握概念的一般意义的过程，实质上是通过学习来掌握同类事物的共同的关键特征和本质属性。

概念学习可以通过概念形成和概念同化两种方式进行。

① 概念形成：通过归纳发现某一类物体的关键属性的过程；

② 概念同化：学习者利用认知结构中原有的有关概念来理解新概念。

（3）命题学习

命题是由句子来表述的，句子是由若干概念组成的。命题学习就是学习若干概念之间的关系，掌握句子表述的意义。在命题学习中，必须先获得组成命题的有关概念的意义。

考点分析 考生应能根据具体实例判断奥苏伯尔提出的知识学习类型（参见表6-1）。本知识点可能的考查形式为选择题、填空题和简答题。可能的考题如下。

表6-1 奥苏伯尔的知识学习分类

序 号	类 型	实 例
1	符号学习	儿童能从众多动物中认出斑马
2	概念学习	学生掌握三条线段顺次连接构成的图形是三角形
3	命题学习	学生学习长方形的面积为长乘以宽

选择题

学生学习平行四边形，这种学习属于奥苏伯尔提出的学习分类中的（ ）。

A．词汇学习　　　　B．符号学习　　　　C．概念学习　　　　D．命题学习

解答与分析：此处应选择"C"，因为学生要学习平行四边形的概念和关键特征。

2）下位学习、上位学习和并列结合学习

（1）下位学习

学习者原有的观念是带有总体性的上位观念，新学习的观念是它的下位类属观

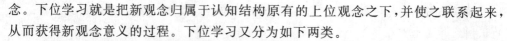

念。下位学习就是把新观念归属于认知结构原有的上位观念之下，并使之联系起来，从而获得新观念意义的过程。下位学习又分为如下两类。

① 派生类属学习：指新观念是认知结构中原有观念的特例或例证，新知识是旧知识的派生物。

② 相关类属学习：当新学习的知识从属于原有认知结构中的某一观念，但并非完全包含于原有观念之中，并且也不能完全由原有观念所代表，二者仅是一种相互关联的从属关系时，便产生相关类属学习。

（2）上位学习

上位学习又称总括性学习，就是通过综合归纳来获得新意义的学习。当原有认知结构中已形成某些概括程度比较低的观念，在此基础上再学习一个概括和包容度更高的概念或命题时，便产生上位学习。

（3）并列结合学习

并列结合学习就是通过并列结合获得意义的学习。这是在新知识与原有观念既非从属关系又非总括关系，而是并列结合的一般关系时产生的。

考点分析

考生应能根据具体实例判断知识学习的类型（参见表6-2）。本知识点可能的考查形式为选择题、填空题和简答题。

表6-2　知识学习分类

序号	类　型		实　例
1	上位学习	派生类属学习	先学习三角形的概念，再学习直角三角形、锐角三角形和钝角三角形
		相关类属学习	先学习爱国主义的概念，再学习"打击侵略者"、"保护历史文物"等都是爱国主义行为
2	下位学习		先学习"苹果"、"李子"、"荔枝"，再学习它们都是"水果"
3	并列结合学习		先学习热量和体积、速度和距离等变量关系的概念，再学习质量和能量的关系

3. 知识学习的作用

（1）知识的学习和掌握有助于学生的成长，知识就是力量，知识的学习将有助于学生更好地适应现代化社会的生活。学校和教师的职责都是帮助学生更好地学习知识。

（2）知识的学习和掌握是学生各种技能形成和能力发展的重要基础。

（3）知识学习是创造性产生的必要前提。通过知识的学习，个体可以体验前人的创造成果，可以培养个体的创造态度和创造能力。

考点分析　　本知识点可能的考查形式为简答题。

6.1.2　知识的获得与保持

1. 记忆系统及其认知过程

如图 6-1 所示,记忆系统分为感觉记忆、短时记忆(工作记忆)和长时记忆 3 个相互关联的子系统。

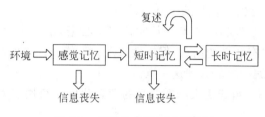

图 6-1　记忆的信息加工模型图

1) 感觉登记及其认知过程

感觉登记实质上就是刺激作用停止后,仍在头脑中短暂保持其映像的记忆。信息保持时间极短,一般为 0.25～2 秒,视感觉登记为 0.25～1 秒,听感觉登记为 2～4 秒。

(1) 感觉登记的认知过程

感觉登记的认知过程包括注意过程和知觉过程。

① 注意过程使个体关注某些特定的感觉信息,而忽略其他感觉信息。

② 知觉是通过对信息赋予意义进行认知的过程。

(2) 感觉登记的教育含义

① 选择性知觉过程要求学生具备足够的与学习材料有关的情境经验来理解所需加工的信息,教师应确保在学习新材料时能让学生回忆起相关的先前知识。

② 教师要帮助学生识别并注意重要的信息,这可以通过情境设计、板书、重复等多种方式来实现。

③ 感觉登记所接收的信息进入意识状态需要一定的时间,因此,每次给学生呈现的信息不能太多,而且要给学生留出充分的注意时间,学生才能更好地完成学习任务。

考点分析　　考生应了解感觉登记的特点和认知过程,这两个知识点可能的考查形式为选择题和填空题。对感觉登记的教育意义要按简答题准备。

2) 工作记忆及其认知过程

(1) 工作记忆的特点

① 信息的保存时间短暂,不超过 2 分钟;

② 总处于工作或活动状态。

③ 工作记忆容量相当有限，为 7 ± 2 个组块。组块是一种信息的组织或再编码，是个体利用储存在长时记忆中的知识经验，对进入工作记忆的信息加以组织和编码，使之变成有利于记忆的较大单位。

（2）工作记忆的认知过程

工作记忆的认知过程包括复述、组块和编码。

① 复述：工作记忆中包括两种类型的复述。

保持性复述：是指信息在头脑中不断被重复。

精细复述：是指把新信息与来自长时记忆的信息相联系，从而使其进入长时记忆。对于更复杂和更有意义的信息，保持性重复并不能保证它们被充分加工并记入长时记忆，精细复述或编码才能做到这一点。

② 组块：即将信息组成更大的有意义的信息片段。组块能力依赖于个体的知识和经验。

③ 编码：将输入信息与长时记忆中已有的概念和思想相联系，以便新的学习材料能更好掌握的认知过程。编码方式主要包括组织、精细加工等。记忆术、形成表象等因素都会影响编码过程。

（3）工作记忆的教育意义

① 必须给学生留出一定的时间用于复述；

② 每次给学生呈现的信息不能过多，不能超出工作记忆的负荷；

③ 教授学生记忆策略来更好地组织信息；

④ 形成适当的程序性知识表征也有助于克服工作记忆容量有限的问题；

⑤ 鼓励学生掌握更多的背景知识，有助于提升工作记忆效能。

考点分析

考生应了解工作记忆的特点（特别是短时记忆的容量）和认知过程，这两个知识点可能的考查形式为选择题和填空题。对工作记忆的教育意义要按简答题准备。

3）长时记忆及其认知过程

长时记忆：信息经过充分和有一定深度的加工后，在头脑中长时间保存下来的一种记忆。

（1）长时记忆的特点

① 长时记忆中的信息保存时间很长，容量很大。

② 按所存储信息类型的不同，长时记忆可以分为陈述性长时记忆和程序性长时记忆。

③ 长时记忆也可以分为情景记忆、语义记忆和程序记忆。

情景记忆：是关于个人经历的情景或事件，是与特定时间、特定地点相联系的记忆信息。

语义记忆：是一种意义记忆，是由相互联系的概念、命题或图式组织起来的记忆结构。图式是个体组织经验的一种认知结构，是理解和吸收新信息的概念网络。

程序记忆：是关于如何完成某个任务或怎样做事情的记忆。

（2）长时记忆的认知过程

① 编码：给新信息赋予意义并使之与长时记忆的已有信息整合的过程。

② 储存：根据信息储存的编码形式，长时记忆还可以分为表象系统和言语系统。

③ 提取：从长时记忆中激活或回忆知识的过程。

（3）长时记忆的教育意义

① 可以利用形象的视听刺激来创设易于记忆的事件。

② 将新的学习材料与长时记忆中的已有知识经验联系在一起成为有机整体，则新信息易于被理解和保存。

考点分析　　考生应了解长时记忆的特点和认知过程。这两个知识点可能的考查形式为选择题和填空题。对长时记忆的教育意义要按简答题准备。

2. 知识遗忘及其原因

1）遗忘及其进程

1885 年，德国心理学家艾宾浩斯通过研究表明：遗忘的进程是不均衡的，"先快后慢"（如图 6-2 所示）。

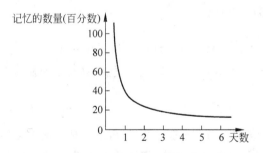

图 6-2　艾宾浩斯遗忘曲线

考点分析　　考生应了解艾宾浩斯的遗忘曲线。本知识点可能的考查形式为选择题、填空题和辨析题。可能的考题如下。

辨析题

根据艾宾浩斯的研究，遗忘的进程是不均衡的，是"先慢后快"。

解答与分析：此判断错误。遗忘的进程是"先快后慢"。

2）遗忘的原因

（1）痕迹衰退说：遗忘是由于记忆痕迹得不到强化而逐渐减弱、衰退以致最后消失的结果。

（2）干扰说：干扰说认为，遗忘是由于在学习和回忆之间受到其他刺激的干扰所致。一旦排除了干扰，记忆就能够恢复，而记忆痕迹可能并未发生变化。这种理论认为，在长时记忆中信息的相互干扰是造成遗忘的原因，这种干扰会使记忆痕迹相互重叠、掩盖，甚至出现变形。

① 倒摄抑制就是后继学习的材料对先前学习的材料的干扰作用。

② 前摄抑制是指先前学习的材料对后继学习的材料的干扰作用。

（3）同化说：奥苏伯尔认为，遗忘过程就其实质来说，是知识的组织和认知结构简化的过程。他提出，有两种遗忘：

① 积极的遗忘，即当学习了较高级的概念与规则之后，用其代替低级的观念，使低级的观念遗忘。从而简化了认识并减轻了记忆负担。

② 消极的遗忘，即由于原有的知识结构不稳定，或由于新旧知识辨析不清楚，就有可能用原有的观念来代替表面上相同但实质不同的新观念，从而出现记忆错误。这是消极的遗忘，教学中应予以避免。

（4）动机说：也可以叫压抑说。该理论认为遗忘是由于情绪或动机的压抑作用所致。动机说所解释的遗忘现象既不是记忆痕迹消退，也不是由于学习材料之间的相互干扰所致，而是一个人的需要、动机、欲望、情绪等因素在记忆中所起的重要作用，充实了对遗忘原因的解释内容。

考点分析

考生应了解以上4种对遗忘进行解释的理论，重点为干扰说和同化说。本知识点可能的考查形式为选择题、填空题、辨析题和简答题。可能的考题如下。

辨析题

遗忘都是消极的。

解答与分析：此判断错误，奥苏伯尔认为，遗忘过程就其实质来说，是知识的组织和认知结构简化的过程。积极的遗忘，即当学习了较高级的概念与规则之后，用其代替低级的观念，使低级的观念遗忘，从而简化了认识并减轻了记忆负担。

3．运用记忆规律，促进知识保持

1）信息加工学习原理

信息加工的学习原理告诉我们：

（1）当新知识与已有知识建立联系时，有意义学习才能发生。学生的已有知识会影响他们的关注点、对新信息意义的解释、信息编码方式等。

（2）学生在学习过程中应充分调动各种基本的心理过程。

（3）学生的学习材料要在工作记忆的容量限度之内。

（4）学习是一个主动的、有目标引导的过程。

（5）将学习活动与使用知识的条件联系起来可以优化知识的获得和应用。

（6）及时复习和必要的练习将减少遗忘的可能性。

考点分析

本知识点为新大纲新增的知识点。本知识点可能的考查形式为简答题。

2）促进知识获得和保持的方法

（1）明确知识学习的目的，增强学习的主动性。

（2）在学习活动与使用知识的条件之间建立联系。

（3）深度加工记忆材料：根据线索依存理论，遗忘的主要原因是因为缺乏提取信息的线索。所以，为更好地提取信息，就应该在储存信息时增加线索。由此提出深度加工材料策略，所谓深度加工就是对要学习的材料重新编码，分类组织，纳入过去的知识结构之中，建立多样联系，形成新的信息网络，增加信息，帮助理解和记忆。

（4）进行组块化编码：组块加工在短时记忆中有极其重要的作用。短时记忆的容量对每个人都是固定的，但短时记忆的信息量可以通过组块而得到扩充和提高。

（5）合理进行复习。

① 及时复习。防止大量遗忘，应"趁热打铁"，及时复习，经常复习。

② 合理分配复习时间与内容，做到分散复习与集中复习相结合。

③ 复习方式多样化，最好用几种不同的形式去复习相同的内容。

④ 运用多种感官参与复习。

⑤ 尝试回忆与反复识记相结合。

考点分析

本知识点为考试大纲中的"掌握"类型考点，并多次在考试中出现，考生应给予充分重视。本知识点可能的考查形式为简答题和论述题。

6.2 本章模拟试卷及参考答案

一、选择题（每题 **2** 分，共 **20** 分）

1. 以下（ ）属于程序性知识。

    A. 关于袋鼠的定义   B. 某明星的个人档案

    C. 名人的自传   D. 产品的使用说明书

2. 以下几项中属于概念转变的是（　　）。

    A. 对某种知识的举一反三

    B. 原来认为"天圆地方"，经学习知道"地球是圆的"

    C. 从知道"苹果是水果"到知道"苹果是富含维生素的水果"

    D. 从"鲸长得很像鱼"到"鲸是一种哺乳动物"

3. 程序性知识和陈述性知识是根据知识的（　　）进行的划分。

    A. 抽象程度　　　　B. 内容的深度　　　C. 表述形式　　　　D. 涵盖的广度

4. 学生从一堆几何体中挑出正三棱锥，属于（　　）学习。

    A. 符号学习　　　　B. 概念学习　　　　C. 命题学习　　　　D. 上位学习

5. 先学习四边形，再学习矩形、正方形和梯形以及平行四边形，属于（　　）学习。

    A. 下位学习　　　　B. 派生类属学习　　C. 命题学习　　　　D. 上位学习

6. 提出遗忘规律是"先快后慢"的心理学家是（　　）。

    A. 斯金纳　　　　　B. 皮亚杰　　　　　C. 艾宾浩斯　　　　D. 桑代克

7. 短时记忆中遗忘的主要因素是（　　）。

    A. 痕迹消退　　　　B. 干扰　　　　　　C. 同化　　　　　　D. 压抑

8. 短时记忆的容量有限，为（　　）。

    A. 7 ± 2 个组块　　B. 5 ± 3 个组块　　C. 9 ± 2 个组块　　D. 6 ± 4 个组块

9. 下列选项中（　　）不是陈述性知识的基本单元。

    A. 时间序列　　　　B. 表象　　　　　　C. 命题　　　　　　D. 产生式

10. 下列现象中（　　）不是陈述性知识。

    A. 我国的国土面积是 960 万平方公里

    B. 三角形的内角和是 $180°$

    C. 凸多边形的外角和是 $360°$

    D. 蛙泳的动作要领

二、填空题（每空 2 分，共 20 分）

1. _____是学习单个符号或一组符号的意义。

2. 陈述性知识的整合与组织机制是图式或_____。

3. 程序性知识的整合与组织机制是_____。

4. 感觉记忆的认知过程是注意和_____。

5. _____是后继学习材料对先前学习材料的干扰作用。

6. _____指掌握概念的一般意义的过程，实质上是通过学习掌握同类事物的共同关键特征和本质属性。

7. 下位学习包括_____和派生类属学习。

8. _____是信息经过充分和有一定深度加工后,在头脑中长时间保存下来的一种记忆。

9. _____是个体利用储存在长时记忆中的知识经验,对进入工作记忆的信息加以组织和编码,使之变成有利于记忆的较大单位。

10. 产生式由_____和行动两部分组成。

三、辨析题(每题 5 分,共 20 分)

1. 体操表演属于程序性知识。

2. 相关背景知识的学习有利于长时记忆。

3. 根据遗忘的规律,应该及时复习。

4. 陈述性知识的组织机制是产生式系统。

四、简答题(每题 5 分,共 20 分)

1. 简述工作记忆的教育含义。

2. 简述长时记忆的认知过程。

3. 简述概念学习的过程。

4. 简述信息加工的学习理论。

五、论述题(每题 10 分,共 20 分)

1. 请论述如何有效地促进知识的获得和保持。

2. 根据遗忘规律,阐述如何有效地进行复习。

【模拟试卷参考答案】

一、选择题

题号	1	2	3	4	5	6	7	8	9	10
答案	D	B	C	A	B	C	B	A	D	D

二、填空题

1. 符号学习

2. 陈述性知识网络

3. 产生式系统

4. 知觉

5. 后摄抑制

6. 概念学习

7. 相关类属学习

8. 长时记忆

9. 组块

10. 条件

三、辨析题

1.【错误】。属于技能。

2.【正确】。

3.【正确】。

4.【错误】。陈述性知识的组织机制是图式和陈述性知识网络。

四、简答题

1.

答：

(1) 必须给学生留出一定的时间用于复述。

(2) 每次给学生呈现的信息不能过多,不能超出工作记忆的负荷。

(3) 教授学生记忆策略来更好地组织信息。

(4) 形成适当的程序性知识表征也有助于克服工作记忆容量有限的问题。

(5) 鼓励学生掌握更多的背景知识,有助于提升工作记忆效能。

2.

答：长时记忆的认知过程包括：

(1) 编码：给新信息赋予意义并使之与长时记忆的已有信息整合的过程。

(2) 储存：根据信息储存的编码形式,长时记忆还可以分为表象系统和言语系统。

(3) 提取：从长时记忆中激活或回忆知识的过程。

3.

答：概念学习包括概念同化和概念形成两种类型。其中概念形成的过程分为概念关键特征的学习和概念名称的学习；概念同化是指利用已有概念学习新的概念。

4.

答：信息加工的学习原理告诉我们：

(1) 当新知识与已有知识建立联系时,有意义学习才能发生,学生的已有知识会影响他们的关注点、对新信息意义的解释、信息编码方式等。

(2) 学生在学习过程中应充分调动各种基本的心理过程。

(3) 学生的学习材料要在工作记忆的容量限度之内。

(4) 学习是一个主动的、有目标引导的过程。

(5) 将学习活动与使用知识的条件联系起来可以优化知识的获得和应用。

(6) 及时复习和必要的练习将减少遗忘的可能性。

五、论述题

1.

答：信息加工学习原理告诉我们：

（1）当新知识与已有知识建立联系时，有意义学习才能发生，学生的已有知识会影响他们的关注点、对新信息意义的解释、信息编码方式等。

（2）学生在学习过程中应充分调动各种基本的心理过程。

（3）学生的学习材料要在工作记忆的容量限度之内。

（4）学习是一个主动的、有目标引导的过程。

（5）将学习活动与使用知识的条件联系起来可以优化知识的获得和应用。

（6）及时复习和必要的练习将减少遗忘的可能性。

2.

答：（1）明确知识学习的目的，增强学习的主动性。

（2）在学习活动与使用知识的条件之间建立联系。

（3）深度加工学习材料。

（4）进行组块化编码。

（5）合理安排练习和复习：及时复习，合理分配复习时间和内容。

第7章

技能学习

7.1 本章考核知识点分析

【本章考核目标】

1. 了解技能的概念及其分类。
2. 理解操作技能和心智技能的基本特点,操作技能的学习过程及其培训要求。
3. 掌握心智技能的学习过程,有效培养学生的心智技能。

7.1.1 技能概述

1. 技能的定义

技能是个体运用已有知识经验,通过练习而形成的确保某种活动得以顺利进行的合乎法则的活动方式。

应该从以下几个方面理解技能的定义:

(1) 技能是通过学习形成的,不同于本能行为。

(2) 技能是一种活动方式,区别于知识。

(3) 技能是合乎法则的活动方式,区别于一般的随意运动。

(4) 技能是通过有意识地反复练习形成的,区别于习惯。

考点分析

对技能的定义重在理解。上述 4 点理解,每一点都有可能出辨析题。本知识点可能的考查形式为填空题、选择题和辨析题。可能的考题如下。

辨析题

① 突遭强光照射,我们会眨眼,这是一种技能。

解答与分析:此判断错误。这是本能行为。

② 小李每天回家后第一件事就是洗手,这是一种技能。

解答与分析:此判断错误。这是习惯。

2. 技能的类型

1）操作技能（动作技能、运动技能）

（1）操作技能的定义

操作技能是以肌肉和骨骼的运动实现的合乎法则的程序化、自动化和完善化的外显动作方式。

（2）操作技能的特点

① 物质性：操作技能的对象具有物质性。

② 外显性：操作技能是可以被观察到的。

③ 展开性：操作技能的每个动作都必须切实执行，只能加快，不能合并或省略。

考点分析 操作技能的特点中常考的是第 3 点"展开性"。本知识点可能的考查形式为填空题、选择题和辨析题。

（3）操作技能的分类

① 按是否连贯划分：

连续技能：以连续、不间断的方式来完成一系列动作。

非连续技能：有可以直接感知的开端和终点，完成这种技能需要的时间相对短暂，动作以非周期式的形式完成，各环节之间无重复。

② 按技能与环境的关系划分：

封闭技能：主要依靠内部的、由本体感受器输入的信息来提供反馈和调节动作，受外界环境的信息影响较小。

开放技能：主要靠感知外界环境提供的信息来反馈和调节动作，正确地感知周围环境成为运动调节的重要因素。外界信息变化快，因此要求人具有对信息变化的预见能力和处理信息变化的能力。

③ 按动作的精细程度与肌肉的强度划分：

精细技能：局限在较狭窄的空间内进行，并要求动作精巧、协调，主要由小肌肉的运动来实现。

粗大技能：需要的活动空间大，动作幅度较大，运用大肌肉群，而且经常要求全身肌肉的参与。

④ 按操作对象划分：

徒手型操作技能：动作不操纵任何东西，仅仅表现为机体的骨骼和肌肉的一系列运动。

器械型操作技能：动作是要操纵一定的器具、工具或机械。

考点分析 重点结合实例掌握操作技能的分类。本知识点可能的考查形式为

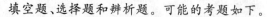

填空题、选择题和辨析题。可能的考题如下。

选择题

下面的技能中不属于精细技能的是（　　　）。

A. 弹钢琴　　　　B. 剪纸　　　　C. 绣花　　　　D. 散打

解答与分析：此题应选"D"。

2）心智技能

（1）心智技能的定义

心智技能也可称作认知技能或智力技能，它是借助内部言语在头脑中完成的智力活动方式。

（2）心智技能的特点

① 观念性：心智技能的对象是客体在人脑中的主观反映。

② 内隐性：心智技能是在头脑中借助内部言语来进行的，是不可见的。

③ 减缩性：由于人的内部言语可以省略或减缩，所以心智技能的动作可以合并或减缩。

考点分析　　　　心智技能的特点中常考的是第3点"减缩性"。本知识点可能的考查形式为填空题、选择题和辨析题。

（3）心智技能的分类

① 一般心智技能：指认识活动的技能，包括观察技能、思维技能、记忆技能和想象技能。

② 特殊心智技能：在专门领域中形成并发展的心智技能，如阅读技能、计算技能和写作技能。

考点分析　　　　重点结合实例掌握心智技能的分类。本知识点可能的考查形式为填空题、选择题和辨析题。

3. 操作技能和心智技能的关系

1）操作技能和心智技能的区别

见表7-1。

表7-1　操作技能和心智技能的区别

	操作技能	心智技能
活动的对象不同	物质的、实体的	头脑中的映像
活动的结构不同	连锁，不能省略	高度省略、减缩
活动的要求不同	刺激—反应的联结	正确的思维方法

2）操作技能和心智技能的联系

（1）都将经历由不熟练到熟练的过程；

（2）在一个具体的任务中需要这两种技能协同活动。

考点分析 重点理解操作技能和心智技能的区别。本知识点可能的考查形式为辨析题和简答题。

4. 技能的作用

（1）技能是获得经验、解决问题、变革现实的前提条件。

（2）技能是能力的构成要素之一，是能力形成和发展的重要基础。

考点分析 本知识点可能的考查形式为简答题。

7.1.2 操作技能的学习

1. 操作技能的学习过程

操作技能的学习被分为操作定向、操作模仿、操作整合与操作熟练 4 个阶段。各阶段的含义及特点见表 7-2。

表 7-2 操作技能形成的阶段以及各阶段的特点

阶段	含　义	特　点
定向	学习者了解操作活动的结构与动作程序要求，在头脑中建立起操作活动的定向映像的过程	建立操作活动的定向映像和掌握操作活动的程序性知识；学会观察、掌握原理
模仿	操作模仿就是学习者通过观察，对示范的动作技能进行实际操作仿效，将头脑中的定向映像以实际动作表现	动作缓慢；正确性、稳定性较差；动作要素相互干扰、不协调、不连贯、较多多余动作；视觉控制占绝对优势
整合	模仿阶段习得的动作成分依据其内在联系联结成为一个整体，固定下来，成为定型的一体化的动作	时快时慢；一定的正确性、稳定性；易受外界影响；干扰减少；在衔接处会出现停顿；视觉控制让位于动觉控制
熟练	各个动作环节与各种动作在时间和空间上彼此协调起来构成一个连贯的稳定的动作系统，动作的执行达到高度的完善化和自动化，动作方式对条件变化具有高度的适应性	高度稳定性和正确性；速度快、品质高；实现了动作的联合，动作协调一致，整体性和流畅性强，动作间不发生干扰；动觉控制占主导地位；动作者的紧张消失，疲劳感下降，产生快感

考点分析 考生要掌握操作技能形成的每个阶段的特点。本知识点可能的考查形式为选择题、填空题、辨析题和简答题。

2. 操作技能的训练要求

1) 准确的示范与讲解

动作示范是指出可供学习者学习的典范动作,是动作定向的基础。

(1) 示范与讲解相结合:注意言语简洁、概括与形象化。

(2) 整体示范与分解示范相结合:教师的示范动作要正确、突出重点。

(3) 速度适当:在学习初期,示范动作的速度要慢;随着学习进程的深入再逐步提高示范动作的速度。

2) 练习是动作技能形成的基本条件和途径

(1) 明确练习的目的和要求,增强学习动机。

① 使练习者具有强烈的动机和巨大的热情;

② 使个体对练习的结果产生积极的期待;

③ 为检查和校正练习的结果提供依据。

(2) 合理应用整体练习和分解练习(见表7-3)。

表 7-3　整体练习和分解练习的比较

	定　义	适 用 场 合
整体练习	把某种技能当作一个整体来掌握,从一开始就着眼于动作间的联系,并从始至终对动作进行练习	技能简单或训练后期
分解练习	在练习时,把某种技能分解成若干部分或某些个别的、局部的动作,通过学习和掌握这些局部的动作,逐渐达到学习整个技能的目的	技能复杂或练习初期

考点分析 考生要理解整体练习和分解练习的不同特点和应用场合。本知识点可能的考查形式为选择题、填空题、辨析题和简答题。

(3) 恰当安排集中练习和分散练习(见表7-4)。

表 7-4　集中练习和分散练习的比较

	定　义	适 用 场 合
集中练习	长时间不间断地进行练习,每次练习中间不安排休息时间	快速学习;操作技能较简单,不必分解;花费较少时间的动作;练习后期
分散练习	相隔一定时间间隔进行的练习,每次练习之间安排适当的休息时间	学习的保持;操作技能比较复杂,需要分解练习;花费的时间长、次数多的练习;练习初期

考点分析 考生要理解集中练习和分散练习的不同特点和应用场合。本知识点可能的考查形式为选择题、填空题、辨析题和简答题。

（4）处理好练习与技能进步的关系，注意克服练习中的"高原现象"。

动作技能的练习曲线如图7-1所示。

练习与动作技能进步的关系可作如下概括。

① 开始阶段。在练习初期，动作技能水平随练习而迅速提高。

② 中间阶段。在练习中期，练习曲线中间有一个明显的或长或短的进步停顿期，在教育心理学中把这种现象叫做"高原现象"。

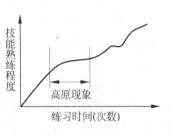

图7-1 练习曲线

③ 练习成绩的起伏现象。在动作技能随着练习而提高的发展趋势下，存在着时而上升、时而下降的起伏现象。

④ 动作技能学习过程中存在个体差异。

考点分析 考生要了解操作技能的形成阶段，特别是"高原期"的特点。本知识点可能的考查形式为选择题、填空题和简答题。

产生"高原现象"的原因主要有以下几点。

① 感觉机能和中枢机能对动作的控制和调节作用减弱，提高练习成绩的新的活动结构和方法尚未形成。

② 练习方法不当，一时无法突破困难。

③ 意志品质差，缺乏继续提高的勇气和信心。

④ 可能正在进行潜伏学习，其成绩尚未显现出来。

考点分析 考生要理解"高原期"不是生理极限，度过"高原期"后练习成绩会进一步提高。本知识点可能的考查形式为辨析题和简答题。

（5）掌握有关技能的基本知识和正确方法。

① 操作技能不是单纯或机械的简单重复，必须掌握正确的方法。

② 练习必须有计划、有步骤地进行，先简后繁，由易到难，循序渐进。

③ 应掌握正确的练习速度。

学习初期，要加强基本环节的教学，注重使学生掌握动作的轮廓；学生能独立完成动作后，要加强细节指导，提高动作质量。同时注意加强运动表象练习，鼓励学生"想、练结合"，对正确和错误动作做出分化，形成正确的动作。

3）充分而有效的反馈

（1）反馈的定义

反馈是指学习者知道自己的学习结果，并据此对其学习的方法和目标作出相应的调整。或者说练习者将来自运动器官活动的效应信息经传入神经传导在大脑皮层相应部位获得有关动作完成信息的过程。

（2）反馈的作用

反馈是操作技能形成的重要条件，反馈对练习效果的提高和对技能动作的学习起着重要的调节作用。正确的反馈指导在一定场合能使操作技能的学习效果迅速提高。所以在练习中要提供恰当的反馈，让学生每次知道练习结果，及时改进。

（3）反馈的种类

反馈有两类，即内部反馈和外部反馈。

内部反馈：即操作者自身的感觉系统提供的感觉反馈，"感觉"自己的动作是否正确。

外部反馈：反馈来自对外部的观察，即操作者自身以外的人和事给予的反馈，有时也称结果知识（knowledge of result）。

随着技能的形成，外部反馈会逐步过渡到内部反馈。

考点分析

反馈的定义、反馈的种类可能以选择题和填空题的形式考查。

（4）反馈的实施

① 在反馈的内容方面，要考虑该信息能否使学习者的注意指向应改进的动作方面。

② 在反馈的频率方面，要注意并非每次练习都必须给予外部的反馈。太多的反馈会增加工作记忆负担。

③ 在反馈的方式方面，要视具体情形给予不同的反馈。初期给予足够的外部反馈，中后期转向内部反馈。

考点分析

反馈的实施可能以简答题的形式考查。

4）建立稳定清晰的运动感知

运动感知是由运动感觉和运动知觉构成的。

（1）运动感觉是指对自身运动的感觉。

（2）运动知觉是指大脑对外界运动的物体或他人运动的空间位移和位移速度的反映。

运动感知在运动技能形成中有着重要的作用。它是运动知识获得的前提，是运动技能形成的心理基础。通过运动感知在脑中形成运动表象，能熟练而完整地完成一定的动作。如果学生缺乏良好的运动感知能力,操作技能学习的进步速度将受到影响。

考点分析 操作技能的训练要求可能以简答题的形式考查。

7.1.3 心智技能的形成

1. 有关智能形成的理论探讨

1) 加里培林的心智动作按阶段形成的理论

心智技能是由一系列的心智动作构成的,心智动作既不是神秘的灵魂的特性,也不是人脑固有的属性。心智动作是外部实践动作的反映,是通过实践动作的内化而形成的。

加里培林将心智动作的形成分为以下几个阶段:

(1)动作的定向阶段

(2)物质与物质化阶段

(3)出声的外部言语动作阶段

(4)不出声的外部言语动作阶段

(5)内部言语动作阶段

考点分析 加里培林的心智动作按阶段形成的理论可能以简答题的形式考查。

2) 安德森的心智技能形成三阶段理论

见表7-5。

表7-5 安德森的心智技能形成三阶段理论

阶段名称	特 点
认知阶段	了解问题的结构
联结阶段	要应用具体的方法来解决问题
自动化阶段	在解决问题的过程中,获得了大量的解决问题所需要的认知操作和法则,并完善这些操作和法则

考点分析 安德森的心智技能形成三阶段理论可能以简答题的形式考查。

3) 我国关于心智技能学习的理论

我国心理学家在对国外关于心智技能形成相关理论的研究的基础上,提出将心智技能的形成分为原型定向、原型操作和原型内化3个阶段,如表7-6所示。

表 7-6　我国关于心智技能形成的三阶段理论

阶段名称	特　点
原型定向	了解心智活动的实践模式,了解"外化"或"物质化"了的心智活动方式或操作活动程序,了解原型的活动结构
原型操作	依据心智技能的实践模式,把主体在头脑中应建立起来的活动程序计划以外显的操作方式付诸执行
原型内化	原型内化就是心智活动的实践模式向头脑内部转化,由物质的、外显的、展开的形式变成观念的、内潜的、简缩的形式的过程

注:"原型"也叫"原样",通常是指那些被模拟的自然现象或过程。

考点分析　　我国的心智技能形成三阶段理论可能以简答题的形式考查。

2. 心智技能的教学要求

见表 7-7。

表 7-7　心智技能的教学要求

阶　段	教 学 要 求
原型定向	确定所学心智技能的实践模式(操作活动程序); 使这种实践模式的动作结构在头脑中得到清晰的反映
原型操作	心智活动的所有动作以完全展开的方式出现; 要注意变更活动对象,使活动方式在知觉水平上得以概括,并形成知觉表象; 注意活动方式的掌握程度,并适时向下一阶段转化; 配合语言进行
原型内化	动作的执行应遵循由出声的外部言语到不出声的外部言语,再到内部言语的顺序

考点分析　　心智技能的教学要求可能以简答题的形式考查。

3. 心智技能的培养

(1)确立合理的智力活动原型。

智力活动的原型模拟分为"建立模型"、"检验并修正模型"和"模型内化"3 个部分。

(2)激发学习的积极性和主动性。

(3)注意原型的完备性、独立性和概括性。

完备性:对活动结构(动作的构成要素、执行顺序和执行要求)要有清晰的了解,不能模糊和缺漏。

独立性:从学生的已有经验出发,让学生独立地确定或理解活动的结构及其操作方式,而不能是教师给予学生现成的模式。

概括性:不断变更操作对象,提高活动原型的概括程度,使之具有广泛的适应性,扩大其迁移价值。

(4)适应培养的阶段特征,正确使用言语。

言语在原型定向与原型操作阶段,其作用在于标志动作,并对活动的进行起组织作用。此阶段的培养重点在于使学生了解动作本身,利用言语来标志动作,并巩固对动作的认知。

言语在原型内化阶段的作用在于巩固形成的动作表象,并使动作表象得以进一步概括,从而向概念性动作映像转化。此阶段的培养重点应放在考查言语的动作效应上。

(5)注意学生的个别差异。

考点分析 心智技能的培养是考试大纲中的"掌握"类型知识,可能以简答题和论述题的形式进行考查。

7.2 本章模拟试卷及参考答案

一、选择题(每题 2 分,共 30 分)

1. 以下几项属于技能的是( )。

A. 婴儿喝母乳　　B. 刷牙　　　　　C. 随意地眨眼睛　　　D. 化妆的指导书

2. 对于操作技能和心智技能的区别,表述不正确的是( )。

A. 操作技能的对象是具体的物质实体,心智技能的对象是观念性的

B. 操作技能的执行过程是外显的,心智技能的执行是内潜性的

C. 操作技能的动作可以合并,心智技能的动作则不能合并

D. 操作技能的动作不能合并须切实执行,心智技能的动作可以合并

3. 心智技能培养的第一步是( )。

A. 原型操作　　　　B. 原型定向　　　C. 原型内化　　　　　D. 原型反思

4. 按照操作的反馈来源不同可以把操作技能分为( )。

A. 连续性操作技能和断续性操作技能

B. 闭合操作技能和开放型操作技能

C. 徒手操作技能和器械操作技能

D. 细微型操作技能和粗放型操作技能

5. 以下属于开放型操作技能的是（　　）。

A. 足球　　　　　　B. 舞蹈　　　　　C. 体操　　　　　　D. 气功

6. 以下属于非连续性操作技能的是（　　）。

A. 游泳　　　　　　B. 滑雪　　　　　C. 开车　　　　　　D. 射箭

7. 对操作技能训练的要求，说法不正确的一项是（　　）。

A. 准确的示范与讲解　　　　　B. 只需要尽可能多的练习

C. 充分而有效的反馈　　　　　D. 建立稳定清晰的动觉

8. 对操作技能的熟练阶段的特点，表述不对的一项是（　　）。

A. 动作连贯　　　　　　　　　B. 运动要素之间有干扰，但比较少

C. 动觉控制占绝对优势　　　　D. 动作质量高

9. 关于操作技能的分类的说法，正确的一项是（　　）。

A. 太极拳既是徒手型操作技能，又是开放型操作技能

B. 打字是一种连续型操作技能

C. 游泳是一种断续性操作技能

D. 篮球是一种开放型操作技能

10. 下面几项中（　　）是技能。

A. 咳嗽　　　　　　B. 睡觉　　　　　C. 说话　　　　　　D. 发声

11. 以下几项中（　　）是闭合型操作技能。

A. 网球　　　　　　B. 足球　　　　　C. 游泳　　　　　　D. 乒乓球

12. 以下几项中（　　）是连续性操作技能。

A. 射击　　　　　　B. 溜冰　　　　　C. 跳绳　　　　　　D. 弹钢琴

13. 以下属于器械型操作技能的是（　　）。

A. 弹琴　　　　　　B. 跑步　　　　　C. 跳舞　　　　　　D. 跳远

14. 操作技能的高级阶段是（　　）。

A. 熟练阶段　　　B. 定向阶段　　　C. 模仿阶段　　　　D. 整合阶段

15. 以下（　　）不是操作技能的特点。

A. 物质性　　　　　B. 外显性　　　　C. 展开性　　　　　D. 可控性

二、填空题（每空 1 分，共 10 分）

1. 技能是个体运用_____，通过练习而形成的确保某种活动得以顺利进行的合乎法则的活动方式。

2. _____是以肌肉和骨骼的运动实现的合乎法则的程序化、自动化和完善化的外显动作方式。

3. 心智技能是借助_____在头脑中完成的智力活动方式。

4. 动作缓慢；正确性、稳定性较差；动作要素相互干扰，不协调，不连贯，较多多余动作；视觉控制占绝对优势的阶段属于操作技能形成的_____阶段。

5. _____是指相隔一定时间间隔进行的练习，每次练习之间安排适当的休息时间。

6. _____是指学习者知道自己的学习结果，并据此对其学习的方法和目标做出相应的调整。

7. 安德森的心智技能形成三阶段是认知阶段、联结阶段和_____阶段。

8. _____是心智活动的实践模式向头脑内部转化，由物质的、外显的、展开的形式变成观念的、内潜的、简缩的形式的过程。

9. 按动作的精细程度与肌肉的强度可以将操作技能分为_____和精细技能。

10. 心智技能的动作可以合并，具有_____性。

三、辨析题（每题 5 分，共 20 分）

1. 高原期是生理极限，练习成绩不能进一步提高了。

2. 与操作技能不同，心智技能可以合并、减缩。

3. 分散练习比集中练习效果好。

4. 言语在原型定向阶段的作用是巩固已经形成的动作表象，这时培养重点应放在利用语言标志动作，并巩固对动作的认知。

四、简答题（每题 4 分，共 20 分）

1. 简述心智技能和操作技能的区别与联系。

2. 简述形成"高原现象"的原因。

3. 简述如何通过恰当的反馈促进操作技能的形成。

4. 简述心智技能学习的过程。

5. 简述练习与动作技能进步的关系。

五、论述题（每题 10 分，共 20 分）

1. 结合实际论述如何培养学生的心智技能。

2. 结合实际论述如何培养学生的操作技能。

【模拟试卷参考答案】

一、选择题

题号	1	2	3	4	5	6	7	8	9	10	11	12	13	14	15
答案	B	C	B	B	A	D	B	B	D	C	C	B	A	A	D

二、填空题

1. 已有知识经验

2. 操作技能

3. 内部言语

4. 模仿

5. 分散练习

6. 反馈

7. 自动化

8. 原型内化

9. 粗大技能

10. 减缩

三、辨析题

1.【错误】。高原期不是生理极限,高原期过后可以看到成绩再一次提高。

2.【正确】。

3.【错误】。两种练习各有优势,应根据情况协调使用。

4.【错误】。言语在原型定向阶段,作用是标志动作。

四、简答题

1.

答:心智技能与操作技能的区别表现在以下3个方面。

(1)操作技能的活动对象是物质的、实体的;而心智技能的活动对象是内隐的和观念的。

(2)操作技能活动的结构是连锁的,只能加快不能减缩;而心智技能的活动对象是高度省略、减缩的。

(3)操作技能的活动要求是刺激与反应的联结;而心智技能的活动要求是正确的思维方式。

心智技能与操作技能的联系表现在以下两个方面。

(1)都将经历由不熟练到熟练的过程。

(2)在一个具体的任务中需要两种技能协同活动。

2.

答:产生高原现象的原因主要有以下4个方面。

(1)感觉机能和中枢机能对动作的控制和调节作用减弱,提高练习成绩的新的活动结构和方法尚未形成。

(2)练习方法不当,一时无法突破困难。

(3)意志品质差,缺乏继续提高的勇气和信心。

（4）可能正在进行潜伏学习,其成绩尚未显现出来。

3.

答：反馈是操作技能形成的重要条件,反馈对练习效果的提高和对技能动作的学习起着重要的调节作用。在教学中使用反馈时应注意以下几个方面。

（1）在反馈的内容方面,要考虑该信息能否使学习者的注意指向应改进的动作方面。

（2）在反馈的频率方面,要注意并非每次练习都必须给予外部的反馈。太多的反馈会增加工作记忆负担。

（3）在反馈的方式方面,要视具体情形给予不同的反馈。初期应提供足够的外部反馈,中后期转向内部反馈。

4.

答：心智技能学习的过程分为以下3个阶段。

（1）原型定向：了解心智活动的实践模式,了解"外化"或"物质化"的心智活动方式或操作活动程序,了解原型的活动结构。

（2）原型操作：依据心智技能的实践模式,把主体在头脑中应建立起来的活动程序计划以外显的操作方式付诸执行。

（3）原型内化：心智活动的实践模式向头脑内部转化,由物质的、外显的、展开的形式变成观念的、内潜的、简缩的形式的过程。

5.

答：练习与动作技能进步的关系可作如下概括。

（1）开始阶段。在练习初期,动作技能水平随练习而迅速提高。

（2）中间阶段。在练习中期,练习曲线中间有一个明显的或长或短的进步停顿期,在教育心理学中把这种现象叫做"高原现象"。

（3）练习成绩的起伏现象。在动作技能随着练习而提高的发展趋势下,存在着时而上升、时而下降的起伏现象。

（4）动作技能学习过程中存在个体差异。

五、论述题

1.

答：在培养学生的心智技能时应做到以下5点。

（1）确立合理的智力活动原型。

智力活动的原型模拟分为"建立模型"、"检验并修正模型"和"模型内化"3个部分。

（2）激发学习的积极性和主动性。

（3）注意原型的完备性、独立性和概括性。

完备性：对活动结构(动作的构成要素、执行顺序和执行要求)要有清晰的了解，不能模糊和缺漏。

独立性：从学生的已有经验出发，让学生独立地确定或理解活动的结构及其操作方式，而不能是教师给予学生现成的模式。

概括性：不断变更操作对象，提高活动原型的概括程度，使之具有广泛的适应性，扩大其迁移价值。

(4) 适应培养的阶段特征，正确使用言语。

言语在原型定向与原型操作阶段，其作用在于标志动作，并对活动的进行起组织作用。此阶段的培养重点在于使学生了解动作本身，利用言语来标志动作，并巩固对动作的认知。

言语在原型内化阶段，其作用在于巩固形成的动作表象，并使动作表象得以进一步概括，从而向概念性动作映像转化。此阶段的培养重点应放在考查言语的动作效应上。

(5) 注意学生的个别差异。

2.

答：培养学生的操作技能时应遵循以下原则。

(1) 准确的示范与讲解

① 示范与讲解相结合；

② 整体示范与分解示范相结合；

③ 速度适当。

(2) 必要而适当的练习

① 明确练习的目的和要求，增强学习动机；

② 合理应用整体练习和分解练习；

③ 恰当安排集中练习(massed practice)和分散练习(distributed practice)；

④ 处理好练习与技能进步的关系，注意克服练习中的"高原现象"；

⑤ 掌握有关技能的基本知识和正确的练习方法。

(3) 充分而有效的反馈

(4) 建立稳定清晰的运动感知

第8章

学习策略

8.1　本章考核知识点分析

【本章考核目标】

1. 了解学习策略的概念和分类、元认知的含义。
2. 理解资源管理策略、学习策略的训练方法。
3. 掌握复述策略、精加工策略、组织策略和元认知策略。

8.1.1　学习策略概述

1. 学习策略的定义

学习策略是指学习者为了提高学习的效率并取得良好的学习效果,有目的有意识地制定的有关学习过程的复杂的方案。

要从以下 4 个方面理解学习策略的定义:

(1) 学习策略是学习者为了完成学习目标而主动使用的。

(2) 学习策略是有效学习的需要。

(3) 学习策略是制定的学习计划,由规则、方法和技能等构成。

(4) 学习策略是通过学习和练习获得的,并且能通过训练得到提高。

考点分析　　本考点重在理解,考生要理解使用学习策略的目的是为了提高学习效率并取得良好的学习效果;学习策略是学习者有意识地主动使用的;学习策略是包括规则、方法和技能的复杂方案;并可以通过学习获得。本考点可能的考查形式为填空题、选择题、辨析题和简答题。

2. 学习策略的分类

如图 8-1 所示,可以将学习策略分为 3 大类。

（1）认知策略是从学习者的认知过程考虑的，是信息加工的一些方法和技术，有助于学习者有效地从记忆中提取信息。

（2）元认知策略是学习者对自己认知过程的认知策略，是对自己认知过程的理解和控制的策略，有助于学习者有效安排和调节学习过程。

（3）资源管理策略是辅助学生管理可用环境和资源的策略，有助于学生适应环境并调节环境以适应自己的需要，对学生的动机具有重要作用。

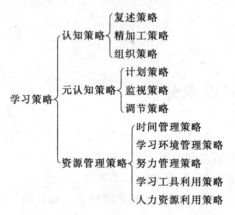

图 8-1　学习策略分类

考点分析　本考点可能的考查形式为填空题、选择题和简答题。

8.1.2　典型的学习策略

1. 认知策略

1）复述策略

复述策略是指在工作记忆中为了保持信息而对信息进行重复的过程。在使用复述策略时应做到以下几点。

（1）利用无意识记和有意识记；

（2）排除互相干扰；

（3）利用整体识记与分段识记；

（4）多种感官参与；

（5）复习形式多样；

（6）划线强调。

考点分析　复述策略的定义有可能以选择题和填空题的形式考查，请考生特别注意复述是在工作记忆中完成。如何使用复述策略可能以简答题的形式考查。

2) 精加工策略

精加工策略帮助学习者将信息存储到长时记忆中去,是把新信息与头脑中的旧信息建立联系,以此增加新信息的意义的学习策略。

精加工策略的实质是理解记忆的策略,寻求字面意义背后的深层意义的策略。精加工的要旨在于建立信息间的联系。联系越多,能回忆出信息的原貌的途径就越多,提取的线索就越多。精加工越深入越细致,回忆就越容易。

精加工策略包括以下5种方法。

(1) 联想法

联想法也称记忆术。它可以把那些枯燥无味但又必须死记的信息"牵强附会"地赋予意义,使记忆过程变得生动有趣,因而增强了记忆。联想法的分类见表8-1。

表 8-1 联想法分类

名 称	意 义
形象联想	通过视觉想象加强对联系的记忆
谐音联想	歌谣、口诀韵律和谐,抑扬顿挫,谐音的联想使人易于记忆
缩简联想	将记忆的每条内容简化成一个单字,然后变成自己熟悉的事物,从而将材料与过去的经验联系起来
关键词联想	将新词或概念与相似的声音线索词通过想象联系起来

考点分析 考生要能结合教学实例对联想法进行分类,参见表8-2。联想法可能以填空题、选择题和简答题的形式考查。

表 8-2 联想法实例

名 称	实 例
形象联想	让学生看着插图来背诵古诗
谐音联想	用"山巅一寺一壶酒"记忆 3.14159
缩简联想	将"辛丑条约"的内容用"前进宾馆"来记忆
关键词联想	将 physics 用"飞贼可死"来记忆

(2) 做笔记

做笔记时要注意以下几点。

① 要求简单清楚;

② 抓住关键词、表;

③ 灵活处理,记法多样;

④ 时常温习笔记。

考点分析

本考点可能的考查形式为简答题。

（3）提问

① 如果阅读时教学生提问"谁"、"什么"、"哪"、"如何"以及"为什么"的问题，他们会领会得很好。

② 阅读前提问会使学习者明确阅读的目的，知道要寻找什么资料。

（4）生成性学习

生成性学习是要训练学生对他们所阅读的东西产生一个自己的类比或表象，如图形、图像、表格和图解等。最重要的是要求学生主动地将新信息进行心理操作，使之变成自己的东西。

（5）利用已有知识

这种方法其实是语意联想。即通过联想，将新材料与头脑中的旧知识联系在一起，赋予新材料以更多的意义。也就是在理解的基础上，把旧知识当衣钩来"挂"住新知识。关键在于找出新旧材料之间的内在逻辑关系。

考点分析

精加工策略是历年考试的重点之一。考生应从以下几个方面复习。

① 理解精加工策略的含义，比较它与组织策略的区别。

② 掌握精加工策略中包含的 5 种方法。

③ 能够结合教学实例判断所使用的策略和方法。

本考点可能的考查形式为填空题、选择题、辨析题和简答题。

3）组织策略

组织策略和精加工策略一样，都是对知识在长时记忆中的深加工，都强调知识的内在联系，但侧重点不同，组织策略重在新知识与新知识之间的联系。

组织是把信息组合成具有一定意义的整体。

组织是把学习材料分解成一些较小的单元，再把这些单元归在适当的类别之内。

组织策略有 3 种基本方法。

（1）列提纲：用简要的语词写下材料中的主要观点和次要观点，以金字塔的形式呈现材料的要点及其各种观点之间的关系，从而对材料进行整合。

（2）利用图形：

① 系统结构图

② 流程图

③ 模式图

④ 网络关系图

（3）利用表格：

① 一览表

② 双向表

考点分析　注意比较组织策略和精加工策略的区别：精加工策略是新旧知识建立联系；而组织策略是新知识与新知识之间建立联系。掌握组织策略的3种基本方法。本考点可能的考查形式为填空题、选择题、辨析题和简答题。可能的考题如下。

选择题

在小学识字教学中,有人按字音归类识字,有人按偏旁结构归类识字,这属于(　　)。

A. 复述策略　　　　B. 精加工策略　　　　C. 计划策略　　　　D. 组织策略

解答与分析：此处应选择"D",因为是识新字,所以使用的策略为组织策略,是在新知识与新知识之间建立联系。

2. 元认知和元认知策略

1）元认知的含义与特点

（1）元认知的含义

元认知是由美国心理学家弗拉维尔于20世纪70年代提出的。元认知是对自身认知的认知。具体地说,就是个人对自己的认知过程及结果的意识与控制。人们通常所说的感觉、思维或想象属于认知活动,而元认知则是对感觉、思维等认知活动的认知。

（2）元认知的构成

元认知有3个既相互独立又相互联系的成分。

① 元认知知识：是个体关于认知活动的一般性知识,在这里是关于个人作为学习者的知识。元认知知识包括关于个体的知识、关于任务的知识和关于策略的知识。

② 元认知体验：是指伴随认知活动产生的认知体验和情感体验。

③ 元认知监控：是指个体能将自己正在进行的认知活动作为意识对象,不断评价,适时调整,以保证任务的有效完成。

意识性和调控性是元认知监控的两个重要功能。

意识性：能使学习者明确知道自己正在干什么、干得怎样、进展如何。

调控性：能使学习者随时根据自己对认知活动的认知不断作出调节、改进和完善,使认知活动有效地向目标逼近。

考点分析　元认知是历年考试的重点之一。考生应掌握元认知的定义和元认知的3个组成部分。本考点可能的考查形式为填空题、选择题和简答题。

（3）元认知的发展

元认知的发展具有以下特点：

① 随年龄增长而增长；

② 从外控到内控；

③ 从无意识到有意识，再到自动化；

④ 从局部到整体。

考点分析 元认知发展的特点可能以辨析题和简答题的形式考查。可能的考题如下。

辨析题

儿童元认知的发展是从内控的到外控的。

解答与分析：此判断错误。儿童元认知的发展是从外控的到内控的。

（4）元认知的培养策略

① 提高元认知学习的意识性。

要提高元认知水平。首先应提高学生 5 方面的意识性：

• 清晰了解任务的意识性；

• 掌握学习材料特点的意识性；

• 使用策略的意识性；

• 把握自己学习特点的意识性；

• 对学习过程进行自我调节的意识性。

② 丰富元认知知识和体验。

③ 加强元认知操作的指导。

④ 创设反馈的条件与机会。

考点分析 本考点可能的考查形式为简答题。

2）元认知策略

（1）计划策略：是指要根据认知活动的特定目标，在一项活动之前浏览阅读材料，选择策略，谋划具体活动，并预计其有效性。

（2）监视策略：是指在认知活动进行的实际过程中，根据认知目标及时反馈认知活动的结果、策略的效果，正确估计自己达到认知目标的程度和水平。通常采用的方式是自我提问。

（3）调节策略：是根据监视的结果找出认知偏差，及时调整或修正目标的策略。

考点分析 本考点可能的考查形式为简答题。

3. 资源管理策略

包括以下几方面。

（1）学习时间的管理：

① 统筹安排时间；

② 高效利用最佳时间；

③ 灵活利用零碎时间。

（2）学习环境设置；

（3）努力资源设置；

（4）学习工具的利用；

（5）人力资源的利用。

考点分析 本考点可能的考查形式为简答题、填空题和选择题。

8.1.3 学习策略的训练方法

1. 程序化训练模式

将活动的基本技能，如解题技能、阅读技能、记忆技能等，分解成若干有条理的小步骤，将它们作为固定程序，要求活动主体按此进行活动，并经过反复练习使之达到自动化程度。

基本步骤如下：

（1）将某一活动技能按有关原理分解成可执行、易操作的小步骤，而且使用简练的词语来标志每个步骤的含义。

（2）通过活动实例示范各个步骤，并要求学生按步骤活动。

（3）要求学生记忆各步骤，并坚持练习，直至使其达到自动化程度为止。

2. 完形训练模式

完形训练就是在直接讲解策略之后，提供不同程度的完整性材料促使学生练习策略的某一个成分或步骤，然后逐步降低完整性程度，直至完全由学生自己完成所有成分或步骤。

（1）提供几乎完整的提纲，让学生填写一些支持性细节；

（2）只有主题，让学生填写所有支持性细节；

（3）只有支持性细节，让学生完成主要观点的提纲。

3. 交互训练模式

教师与学生轮流承担教的角色的课堂教学组织形式。教师和一小组学生(大约 6 人)一起进行。

(1)阅读:阅读相关材料。

(2)总结:总结段落内容。

(3)提问:提与要点有关的问题。

(4)析疑:明确材料中的难点。

(5)预测:预测下文会出现什么。

在交互教学中,教师提供运用学习策略的示范和指导,学生自然地承担教的角色和责任,积极模仿教师;教师则不断根据学生的活动情况灵活调整指导,对学生的活动给予及时反馈。

4. 合作学习模式

学习策略的合作学习中两个学生一组,承担不同角色。一个是学习的操作者,向对方总结材料;另一个是学习的检查者,负责纠正对方的错误或遗漏。两者轮换扮演。包括两个部分:

(1)操作者的口头报告:陈述自己的解题思维过程或阅读总结。

(2)检查者的积极反应:具体分为自我监控活动和信息加工活动两类反应。

考点分析 考生应结合教学实例掌握学习策略的训练方法。本考点可能的考查形式为简答题、填空题和选择题。

8.2 本章模拟试卷及参考答案

一、选择题(每题 2 分,共 30 分)

1. 以下( )不是资源管理策略。

　　A. 习惯在固定的一个地方上自习

　　B. 相信自己努力就可以学好

　　C. 碰到不懂的问题向老师请教

　　D. 常常思考自己的学习方法是否正确

2. 记忆圆周率"3.14159…"时采用口诀"山巅一寺一壶酒…",这种加工策略是( )。

　　A. 位置记忆法　　　B. 首字联词法　　　C. 限定词法　　　D. 谐音法

3. 学习的"倒摄抑制"是指（   ）。

    A. 先学的东西由于受到后学的东西的干扰被遗忘了

    B. 原来的观念太根深蒂固，影响了新知识的接收

    C. 学习某件事有助于以后学习类似的东西

    D. 后来的知识使原先学的知识更加巩固

4. 当朋友给我念一串电话号码时。我只记住最后几位数字,这种现象叫做（   ）。

    A. 首位效应   B. 近位效应   C. 登门槛效应   D. 门面效应

5. 下面的复述策略中（   ）是"过度学习"。

    A. 把大的知识块分成小单元学习

    B. 刚听完的课,马上复习一遍

    C. 每次从头到尾看完一遍书就盖上回忆一下

    D. 考前临时抱佛脚

6. 看完文章时,以金字塔的形式把要点呈现出来,这种编码策略叫（   ）。

    A. 做关系图   B. 列提纲   C. 运用理论模式   D. 画地图

7. 以下的项目中（   ）不属于元认知策略。

    A. 计划策略   B. 复述策略   C. 监控策略   D. 调节策略

8. 关于任务难度与努力程度的关系,说法正确的是（   ）。

    A. 任务越简单,越能激励自己

    B. 任务越难,越能激励自己

    C. 中等难度的任务比太难或太易的任务更容易激励自己

    D. 任务难度与努力程度没有关系

9. 以下（   ）不属于学业求助策略。

    A. 经常与同学交流学习心得

    B. 向成绩优秀的学生请教

    C. 上网查资料

    D. 把自己的成功经验传给学弟学妹

10. 学习策略可分为（   ）三大类。

    A. 认知策略、元认知策略和记忆策略

    B. 元认知策略、思考策略和组织策略

    C. 认知策略、元认知策略和资源管理策略

    D. 计划策略、监视策略和调节策略

11. 认知策略中有一种"精细加工策略",以下（   ）不属于这一策略。

    A. 过度学习   B. 首字联词法   C. 关键词法   D. 视觉想象

12. 小学的时候学习了汉语拼音的读法,到了中学学习了英文字母的读法后,就忘记了汉语拼音的读法,这种现象称为(   )。

    A. 前摄抑制　　　　B. 倒摄抑制　　　　C. 前摄促进　　　　D. 倒摄促进

13. 很久以前背诵的课文,后来只记住了开头的几句,这种效应称为(   )。

    A. 前摄抑制　　　　B. 倒摄抑制　　　　C. 近因效应　　　　D. 首因效应

14. 当读者看一段深奥难懂的文章时,会放慢阅读的速度,这种元认知策略是(   )。

    A. 计划策略　　　　B. 领会策略　　　　C. 监控策略　　　　D. 调节策略

15. 以下几项中(   )不属于复述策略。

    A. 及时复习　　　　B. 视觉想象　　　　C. 自动化　　　　D. 过度学习

二、填空题(每空 1 分,共 10 分)

1. 学习策略是指学习者为了提高学习的效果和效率,有目的、有意识地制定的有关学习过程的_____。

2. 复述策略是在_____中为了保持信息而对信息进行重复的过程。

3. 精加工策略是帮助学习者将信息存储到长时记忆中去,是把新信息与头脑中的_____建立联系,以此增加新信息的意义的学习策略。

4. _____将记忆的每条内容简化成一个单字,然后变成自己熟悉的事物,从而将材料与过去的经验联系起来。

5. _____是要训练学生对他们所阅读的东西产生一个自己的类比或表象,如图形、图像、表格和图解等。

6. 元认知知识主要包括关于个体的知识、关于任务的知识和_____的知识。

7. 意识性和_____是元认知监控的两个重要功能。

8. PQ4R 阅读策略属于学习策略的_____训练模式。

9. 属于组织策略的方法有列提纲、利用图形和_____。

10. 元认知策略包括计划策略、监视策略和_____。

三、辨析题(每题 5 分,共 20 分)

1. 在小学识字教学中,有人按字音归类识字,有人按偏旁结构归类识字,这属于精细加工策略。

2. 元认知发展具有从内控到外控的趋势。

3. 反思评价属于元认知策略。

4. 精细加工策略和组织策略在本质上是一样的。

四、简答题(每题 5 分,共 30 分)

1. 简述学习策略的训练模式。

2. 简述元认知策略的内容。

3. 简述如何使用复述策略。

4. 简述资源管理策略的具体内容。

5. 简述元认知发展的趋势。

6. 简述培养元认知的途径。

五、论述题（每题 10 分，共 10 分）

请结合实例，论述如何在教学中使用精细加工策略。

【模拟试卷参考答案】

一、选择题

题号	1	2	3	4	5	6	7	8	9	10	11	12	13	14	15
答案	D	D	A	B	B	B	B	C	D	C	A	B	D	D	C

二、填空题

1. 复杂方案

2. 工作记忆

3. 旧知识

4. 减缩联想

5. 生成性学习

6. 关于策略

7. 控制性

8. 程序

9. 利用表

10. 调节策略

三、辨析题

1.【错误】。属于组织策略。

2.【错误】。元认知发展具有从外控到内控的趋势。

3.【正确】。

4.【正确】。

四、简答题

1.

答：（1）程序训练法：将活动的基本技能，如解题技能、阅读技能、记忆技能等，分解成若干有条理的小步骤，将它们作为固定程序，要求活动主体按此进行活动，并经过反复练习使之达到自动化程度。

(2) 完形训练就是在直接讲解策略之后,提供不同程度的完整性材料促使学生练习策略的某一个成分或步骤,然后逐步降低完整性程度,直至完全由学生自己完成所有成分或步骤。

(3) 交互训练法:教师与学生轮流承担教的角色的课堂教学组织形式。教师和一小组学生(大约 6 人)一起进行。

(4) 合作学习:在合作学习中,两个学生一组,承担不同的角色。一个是学习的操作者,向对方总结材料;另一个是学习的检查者,负责纠正对方错误或遗漏。两者轮换扮演。

2.

答:元认知策略包括计划策略、监视策略和调节策略。

(1) 计划策略:指的是要根据认知活动的特定目标,在一项活动之前浏览阅读材料,选择策略,谋划具体活动,并预计其有效性。

(2) 监视策略:是指在认知活动进行的实际过程中,根据认知目标及时反馈认知活动的结果和策略的效果,正确估计自己达到认知目标的程度和水平。通常采用的方式是自我提问。

(3) 调节策略:是根据监视的结果找出认知偏差,及时调整或修正目标的策略。

3.

答:复述策略是指在工作记忆中为了保持信息而对信息进行重复的过程。在使用复述策略时应做到以下几点。

(1) 利用无意识记和有意识记。

(2) 排除互相干扰。

(3) 整体识记与分段识记。

(4) 多种感官参与。

(5) 复习形式多样。

(6) 划线强调。

4. 请简述资源管理策略的具体内容。

答:资源管理策略包括以下 5 方面内容。

(1) 学习时间的管理。

① 统筹安排时间;

② 高效利用最佳时间;

③ 灵活利用零碎时间。

(2) 学习环境设置。

(3) 努力资源设置。

(4) 学习工具的利用。

（5）人力资源的利用。

5.

答：儿童元认知发展的趋势如下。

（1）随年龄增长而增长。

（2）从外控到内控。

（3）从无意识到有意识，再到自动化。

（4）从局部到整体。

6.

答：（1）提高元认知学习的意识性。

要提高元认知水平，首先应提高学生在 5 个方面的意识性：

① 清晰了解任务的意识性；

② 掌握学习材料特点的意识性；

③ 使用策略的意识性；

④ 把握自己学习特点的意识性；

⑤ 对学习过程进行自我调节的意识性。

（2）丰富元认知知识和体验。

（3）加强元认知操作的指导。

（4）创设反馈的条件与机会。

五、论述题

答：精加工策略：是帮助学习者将信息存储到长时记忆中去，把新信息与头脑中的旧信息建立联系，以此增加新信息的意义的学习策略。

其实质是理解记忆的策略，是寻求字面意义背后的深层意义的策略。精加工的要旨在于建立信息间的联系。

（1）联想法：又称记忆术，把枯燥无味，但又必须死记硬背的信息"牵强附会"地赋予意义，使记忆过程变得生动有趣，因而加强了记忆。

（2）做笔记：要求如下。

① 要求简单清楚；

② 抓住关键词和表；

③ 灵活处理，记法多样；

④ 足够多的笔记本，时时常温习笔记。

（3）提问。

（4）生成性学习：要训练学生对他们所阅读的东西产生一个自己的类比或表象，如图形、图像、表格和图解等。

（5）利用已有知识：其实质是语意联想。

第9章

问题解决与创造性

9.1　本章考核知识点分析

【本章考核目标】

1. 了解问题的分类，了解问题解决、创造性、发散思维与聚合思维的含义。
2. 理解问题解决的影响因素、创造性的基本特征及影响因素。
3. 掌握问题解决能力和创造性的培养措施，并能有效运用。

9.1.1　问题解决概述

1. 问题解决的含义

1) 问题的定义

问题是指给定信息和要达到的目标之间有某些障碍需要被克服的刺激情境。问题有 4 个共同成分：

(1) 目的：一个或多个目的；

(2) 个体已有知识；

(3) 存在的障碍；

(4) 解决的方法。

考点分析

　　问题的定义和组成成分有可能以填空题和选择题的形式考查。考生要重点理解某一情境是否成为问题，取决于个体主观的认知和感受，某种情况对一些人是问题，而对另一些人可能就不是问题。

2) 问题的分类

(1) 有结构的问题

已有的知识经验和目的都非常明确，个体只要按照一定的思维模式就可获得问题的答案(书本上的问题多是这类问题)。

(2) 结构不良的问题

已有的知识经验和目的都比较模糊,问题情境不明确,各种影响因素不确定,不易找出解答线索的问题(实际问题多是这类问题)。

3) 问题解决

问题解决是指个人应用一系列的认知操作,从问题的起始状态到达目的状态的过程。当常规或自动化的反应不适应当前的情境时,问题解决就发生了。问题解决有两种情况:

(1) 个体解决了新问题;

(2) 通过把简单规则进行重新组合后形成了高级规则。

与问题的两种类型相对应,问题解决也有两种类型:

(1) 常规性问题的解决:使用常规方法来解决有结构的、有固定答案的问题。

(2) 创造性问题的解决:综合应用各种方法或通过发展新方法、新程序等来解决无结构的、无固定答案的问题。

考点分析　　应该把问题解决和问题的定义和分类联合起来进行复习。本考点可能的考查形式有选择题、填空题和辨析题。

2. 问题解决的过程

1) 问题解决的理论与模式的研究

(1) 试误说(桑代克)

问题解决是由刺激情境与适当反应之间形成的联结构成的,这种联结是通过尝试错误逐渐形成的。问题解决的过程是通过不断地尝试错误,使正确的行为得到保留,错误的行为逐渐减少,并最终解决问题。

(2) 顿悟说(苛勒)

人遇到问题时会重组问题情境的当前结构,以弥补问题的缺口,达到新的完形,从而联想起一种可行的解决方案。这一过程的突出特点是顿悟,即对问题情境的突然领悟。

(3) 信息加工论模式

信息加工论者把问题解决看做是信息加工系统(即大脑或计算机)对信息的加工,把最初的信息转换成最终状态的信息。

(4) 现代认知派的模式

现代认知派研究人类本身解决某类问题的实际过程。

① 奥苏伯尔(1969 年)认为,解决问题一般经历 4 个阶段:

• 呈现问题情境命题;

- 明确问题的目标和已知条件；
- 填补缺口。这是问题解决的核心；
- 检验。

② 根据格拉斯(Class)1985 年的观点，可以把问题解决的过程划分为相互区别又相互联系的 4 个阶段：

- 形成问题的初始表征；
- 制订计划；
- 重构问题表征；
- 执行计划和检验结果。

考点分析 重点掌握现代认知派关于问题解决的理论。本考点可能的考查形式有填空题和简答题。

2) 问题解决的过程

杜威将问题解决的过程分为 5 个阶段：

(1) 意识难题存在；

(2) 识别问题；

(3) 收集相关资料；

(4) 提出假设；

(5) 形成和评价结论。

我国心理学家将问题解决分为四个阶段，见表 9-1。

表 9-1 问题解决的过程

阶 段	解 释	条 件
发现问题	发现矛盾	思维积极性；认真负责的态度；兴趣爱好和求知欲望
理解问题	找出主要矛盾	全面系统掌握感性材料；掌握知识经验的数量
提出假设	提出假想的结论和解决方法	知识经验；直观的感性形象；尝试性实际操作；言语表述；创造构想
检验假设	检验是否达到目的	积极思维活动和实践活动的结合

考点分析 本考点可能的考查形式有选择题、填空题和简答题。

3. 影响解决问题的主要因素

1) 问题特征

解决某一问题时，问题中的事件和物体呈现的某种特点及特点之间的关系都将影响对问题的理解和表征。

（1）学生解决抽象问题较容易，实际问题较困难；

（2）解决不需要"实际操作"的问题较容易；

（3）问题陈述和图示影响问题解决。

2）已有知识经验

与问题解决有关的知识经验越多，解决该问题的可能性越大，而且知识经验在头脑中的组织方式也决定了问题能否被顺利解决。

3）定势

定势也称心向，是由心理操作形成的模式引起的心理活动的准备状态。

4）功能固着

由德国心理学家邓克尔于1945年提出。功能固着指一个人看到某个物品有一种惯常的用途后，就很难看出它的其他用途；如果初次看到的物品的用途越重要，也就越难看出它的其他新用途。通常会起副作用。

5）智力水平

智力水平与解决问题的能力成正相关。

6）动机强度

中等强度的动机水平对问题解决最有帮助。

考点分析　　要注意定势和功能固着对问题解决影响的二重性。本考点可能的考查形式有选择题、填空题、辨析题和简答题。

4. 专家和新手在解决问题中的区别

如表9-2所示，专家和新手在解决问题方面的差异主要表现为4个方面。

表 9-2　专家和新手问题解决比较

专　　家	新　　手
不注意中间过程	需要注意中间过程
或立即推理或从头到尾地解决问题	从头到尾地解决问题
更多地利用直觉	更多地利用方程式
更多的自我监控	较少的自我监控

考点分析　　本考点可能的考查形式有辨析题和简答题。

5. 提高问题解决能力的教学

1）提高学生知识储备的数量和质量

（1）帮助学生牢固地记忆知识。

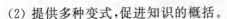

（2）提供多种变式，促进知识的概括。

变式：概念的肯定实例在无关特征方面的变化。

（3）重视知识之间的联系，建立网络化结构。

2）教授与训练解决问题的方法与策略

（1）结合具体学科，教授思维方法。

（2）外化思路，进行显性教学。

3）提供多种练习的机会

4）培养学生思考问题的习惯

考点分析　　要结合教学实例论述如何提高学生的问题解决能力。本考点可能的考查形式有简答题和论述题。

9.1.2　创造性及其培养

1. 创造性及其特征

1）创造性的含义

创造性是指个体产生出新奇独特的、有社会或个人价值的产品的能力或特性。而创造性思维则是创造性的主要特征。创造性思维是一种以发散思维为核心、聚合思维为支持性因素、发散思维与聚合思维有机结合的思维方式。

考点分析　　考生应明确创造性不是少数人的天赋，而是不同程度地存在于每个人身上的一种潜能。本考点可能的考查形式有填空题、选择题和辨析题。可能的考题如下。

辨析题

只有少数人才有创造性。

解答与分析：此判断错误。创造性不是少数人的天赋，而是不同程度地存在于每个人身上的一种潜能。

2）发散思维和聚合思维的含义

（1）发散思维：也叫求异思维，是指沿不同的方向去探求多种答案的思维形式。如解题时的"一题多解"和物品用途列举等。发散思维是创造性的主要成分或核心。

（2）聚合思维：也叫求同思维，是指将各种信息聚合起来，得出一个正确答案或最好的解决方案的思维形式。

3）创造性的基本特征（吉尔福特）

（1）变通性。具有创造性的人在处理问题或学习时，总能做到随机应变，触类旁通；对问题的思考具有比较大的弹性,思考路线并非固定在一个方向,而是向多个方向发散且变化多端。

(2) 独创性。独创性在行为上的表现则是超出常规,擅长做一些别人从未想过和做过的事;观念新颖独特,知人所不知,见人所不见,敢于向权威挑战。

(3) 流畅性。流畅性是指具有创造性的人,其思维敏捷、灵活、迅速;具有口若悬河的谈吐;行为快速;对事物的反应总量比一般人多。

考点分析 要能根据实例区分创造性的基本特征。本考点可能的考查形式有填空题、选择题和辨析题。可能的考题如下。

选择题

"知人所不知,见人所不见"是创造性的(　　　)特征。

A. 流畅性　　　　B. 变通性　　　　C. 独创性　　　　D. 集中性

解答与分析:此处应选择"C"。

4) 创造性的外在表现

(1) 兴趣广泛;

(2) 观察力敏锐;

(3) 喜欢验证事物的结果;

(4) 精确、快速的记忆;

(5) 强烈的好奇心和求知欲;

(6) 想象力丰富,知觉敏锐,喜好抽象思维;

(7) 意志品质出众;

(8) 喜欢分析与综合;

(9) 具有幽默感;

(10) 善于抽象思考。

2. 影响创造性思维的因素

1) 环境

(1) 家庭环境:父母的受教育程度和家庭的教养方式(民主型的教养方式较好)。

(2) 学校环境:教师应首先提高自身的创造性,提供宽松的教育教学环境。教师对学生的评价、奖惩和竞争方式也影响创造性思维。

(3) 社会环境。

2) 智力因素

(1) 智商低的人不可能有高创造性。

(2) 智商高的人创造性可能高也可能低。

（3）高创造性的人必须具有中等以上（120）的智商。

3）已有的知识经验

人们的知识经验越多，其创造性思维产生的可能性就越大。

4）动机

适当的动机水平有利于创造性的产生。

5）个性因素

有创造性的人的个性特点：有见识、洞察力强、好独立判断、有冒险精神、意志品质出众、不满现状等。

考点分析　　　要理解掌握影响创造性因素中的智力因素和动机因素，这两个因素可能以辨析题考查。本考点可能的考查形式有填空题、选择题和简答题。

3. 创造性培养

1）创设有利于创造性产生的适宜环境

（1）创设宽松的心理环境。

（2）给学生留有充分选择的余地。

（3）改革考试制度与考试内容。

2）注重创造性个性的塑造

（1）保护好奇心。

（2）解除个体对答错问题的恐惧心理。

（3）鼓励独立性和创新精神。

（4）重视直觉思维能力。

（5）给学生提供具有创造性的榜样。

3）开设培养创造性的课程，教授创造性思维策略

（1）发散思维训练

① 材料扩散：以某个物品为材料，当做扩散点。

② 功能扩散：以某种事物的功能作为扩散点，设想出获得该功能的各种可能性。

③ 结构扩散：以某种事物的结构为扩散点，设想出利用该结构的各种可能性。

④ 特征扩散：以某种事物的特征为扩散点，设想出利用某种特征的各种可能性。

（2）推测与假设训练

推测是推测事物发展的可能结果，如推测故事的可能结局有哪些。假设训练是创造性思维训练的主要途径，它可以打开学生的思路，促使学生深入地思考问题。

（3）自我设计训练

小制作和小发明是自我设计训练的主要方法。

（4）头脑风暴训练（brain storming，奥斯本）

原指精神病患者头脑中短时间出现的思维紊乱现象，病人会产生大量的胡思乱想。后来用此比喻思维高度活跃，打破常规的思维方式而产生大量创造性设想的状况。通过学习并掌握这种方法可以大大激发人的灵感，发明许多具有创造性的事物。其目的是以集思广益的方式，在一定时间内采用极迅速的联想方法，大量产生各种主意。

在教学中，教师先提出问题，然后鼓励学生寻找尽可能多的答案，不必考虑该答案是否正确，教师也不作评论，一直到所有可能想到的答案都提出来为止。然后教师和学生才开始对这些想法进行评价、讨论和批判。最终产生一个创造性的答案。

考点分析 要结合教学实例论述如何提高学生的创造性。本考点可能的考查形式有简答题和论述题。另外发散思维训练和头脑风暴训练也可能单独以简答题的形式考查。

9.2 本章模拟试卷及参考答案

一、选择题（每题 2 分，共 20 分）

1. 关于动机强度与问题解决效率的关系，表述正确的是（ ）。
   A. 动机水平越高，问题解决效率也越好
   B. 动机水平越高，问题解决效率越差
   C. 动机水平适中，问题解决效率较好
   D. 动机水平与问题解决效率无必然关系

2. 常常用电吹风来吹头发，却没想过用它烘干潮湿的衣服，这种情况属于（ ）。
   A. 思维定式　　　B. 原型启发　　　C. 功能固着　　　D. 酝酿效应

3. 下面几种事物不属于创造性作品的是（ ）。
   A.《共产党宣言》　　　　　　　B.《四书集注》
   C.《哈里波特》中文译文　　　　D.《金刚经》原文手抄稿

4. 下列（ ）不是影响问题解决的个体因素。
   A. 问题情境　　　B. 知识经验　　　C. 思维定式　　　D. 动机

5. 每个问题必然包含 4 种成分，是目的、（ ）、障碍和方法。
   A. 背景　　　　　　　　　　　B. 个体已有的知识
   C. 个体的发问　　　　　　　　D. 对情境的熟悉

6. 在创造性的培养上有一种"头脑风暴法"，以下不属于这种方法的是（ ）。
   A. 百家争鸣　　　B. 自由辩论　　　C. 抢答　　　D. "胡说八道"

7. 沿不同方向去探求多种答案的思维形式是( )。

    A. 发散思维   B. 聚合思维   C. 创造性思维   D. 知觉思维

8. 抓住问题关键,找出主要矛盾的过程是( )。

    A. 发现问题   B. 理解问题   C. 提出假设   D. 检验假设

9. 头脑风暴法的提出者是( )。

    A. 奥斯本   B. 奥苏伯尔   C. 布鲁纳   D. 吉尔福特

10. "知人所不知,见人所不见"属于创造性的( )特征。

    A. 流畅性   B. 灵活性   C. 变通性   D. 独创性

二、填空题(每空 2 分,共 20 分)

1. 问题分为有结构问题和_____。

2. 问题解决指个人应用一系列的_____,从问题的起始状态到达目的状态的过程。

3. 奥苏伯尔认为,解决问题的核心环节是_____。

4. _____是指将各种信息聚合起来,得出一个正确答案或最好的解决方案的思维形式。

5. _____指思维高度活跃,打破常规的思维方式而产生大量创造性设想的状况。

6. _____是指以某种事物的功能作为扩散点,设想出获得该功能的各种可能性。

7. _____是指肯定实例在无关特征方面的变化。

8. 问题解决分为_____和创造性问题解决。

9. _____是指不经过一步一步思考而突如其来的领悟与理解。

10. _____是指个体产生出新奇独特的、有社会或个人价值的产品的能力或特性。

三、辨析题(每题 5 分,共 20 分)

1. 每个人都有创造性。

2. 高智商必有高创造性。

3. 专家在解决问题过程中可以不太注意中间过程。

4. 反应定势对解决问题具有双重作用。

四、简答题(每题 5 分,共 20 分)

1. 简述影响创造性的主要因素。

2. 简述新手与专家在解决问题中的差异。

3. 简述创造性的基本特征。

4. 简述培养创造性的课程有哪些。

五、论述题(每题 10 分,共 20 分)

1. 在教学中,如何提高学生问题解决的能力?

2. 在教学中,如何培养学生的创造性?

【模拟试卷参考答案】

一、选择题

题号	1	2	3	4	5	6	7	8	9	10
答案	C	C	D	A	B	D	A	B	A	D

二、填空题

1. 结构不良问题

2. 认知操作

3. 填补缺口

4. 求同思维(聚合思维)

5. 头脑风暴

6. 功能发散

7. 变式

8. 常规问题解决

9. 直觉

10. 创造性思维

三、辨析题

1.【正确】。

2.【错误】。智商高,创造性可能高,也可能低。

3.【正确】。

4.【正确】。

四、简答题

1.

答:影响问题解决的因素如下。

(1) 问题特征:解决某一问题时,问题中的事件和物体呈现的某种特点及特点之间的关系都将影响对问题的理解和表征。

① 学生解决抽象问题较容易,而解决实际问题较困难;

② 解决不需要"实际操作"的问题较容易;

③ 问题陈述和图示影响问题解决。

（2）已有知识经验：已有知识经验的数量和在头脑中的组织方式影响问题解决。

（3）定势：也称心向，是由心理操作形成的模式引起的心理活动的准备状态。定势对问题解决有双重作用。

（4）功能固着：指一个人看到某个物品有一种惯常的用途后，就很难看出它的其他用途；如果初次看到的物品的用途越重要，也就越难看出它的其他新用途。

（5）智力水平：智力水平较高，解决问题的能力相对较强。

（6）动机强度：过高、过低的动机强度都不利于问题解决。

2.

答：新手与专家在解决问题中的差异主要表现在以下 4 个方面。

（1）专家不注意中间过程；新手需要注意中间过程。

（2）专家或立即推理，或从头到尾地解决问题；新手需要从头到尾地解决问题。

（3）专家在解决问题时更多地利用直觉；而新手更多地利用方程式。

（4）专家在解决问题时更多地进行自我监控；而新手较少进行自我监控。

3.

答：吉尔福特认为创造性的基本特征如下。

（1）变通性。具有创造性的人在处理问题或学习时总能做到随机应变，触类旁通；对问题的思考具有比较大的弹性，思考路线并非固定在一个方向，而是向多个方向发散，且变化多端。

（2）独创性。独创性在行为上的表现则是超出常规，擅长做一些别人从未想过和做过的事；观念新颖独特，知人所不知，见人所不见，敢于向权威挑战。

（3）流畅性。流畅性是指具有创造性的人，其思维敏捷、灵活、迅速；具有口若悬河的谈吐；行为快速；对事物的反应总量比一般人多。

托兰斯在此基础上增加了"精密性"的特点。

4.

答：培养创造性的课程主要有以下 4 种。

（1）发散思维训练：包括材料扩散、功能扩散、结构扩散和特征扩散。

（2）推测与假设训练：推测是推测事物发展的可能结果，如推测故事的可能结局有哪些。假设训练是创造性思维训练的主要途径，它可以打开学生的思路，促使学生深入地思考问题。

（3）自我设计训练：小制作和小发明是自我设计训练的主要方法。

（4）头脑风暴训练："头脑风暴"比喻思维高度活跃，打破常规的思维方式而产生大量创造性设想的状况。通过学习并掌握这种方法可以大大激发人的灵感，发明许多具有创造性的事物。其目的是以集思广益的方式，在一定时间内采用极迅速的联想方法,大量产生各种主意。

五、论述题

1.

答:(1)提高学生知识储备的数量和质量。

① 帮助学生牢固地记忆知识;

② 提供多种变式,促进知识的概括;

③ 重视知识之间的联系,建立网络化结构。

(2)教授与训练解决问题的方法与策略。

① 结合具体学科,教授思维方法;

② 外化思路,进行显性教学。

(3)提供多种练习的机会。

(4)培养学生思考问题的习惯。

2.

答:(1)创设有利于创造性产生的适宜环境。

① 创设宽松的心理环境;

② 给学生留有充分选择的余地;

③ 改革考试制度与考试内容。

(2)注重创造性个性的塑造。

① 保护好奇心;

② 解除个体对答错问题的恐惧心理;

③ 鼓励独立性和创新精神;

④ 重视直觉思维能力;

⑤ 给学生提供具有创造性的榜样。

(3)开设培养创造性的课程,教授创造性思维策略。

① 发散思维训练;

② 推测与假设训练;

③ 自我设计训练;

④ 头脑风暴训练。

第10章

品德的发展

10.1 本章考核知识点分析

【本章考核目标】

1. 了解品德的含义及结构、皮亚杰的道德发展阶段理论和柯尔伯格道德发展阶段理论。

2. 理解中小学生品德发展的基本特征。

3. 掌握品德形成的一般过程、基本条件和培养方法。

10.1.1 品德的实质与结构

1. 品德的实质

品德(moral trait)是道德品质的简称,它是个体依据一定的社会道德准则行动时所表现出来的稳定的心理特征和倾向。或者说品德是社会的道德准则和规范在个人思想和行动中的体现。品德的特点为:

(1) 社会特性;

(2) 相对稳定性;

(3) 品德是在道德观念的控制下进行某种活动、参与某个事件的一种自觉的行为,是认识与行为的统一。

考点分析

重点理解品德的社会特性。本考点可能的考查形式为填空题、选择题和辨析题。

2. 品德与道德的联系与区别

道德是指由社会舆论力量和个人内在信念系统支持的行为规范的总和,人们按照社会道德行为规范来支配和调节自己的言行,并以此要求和评价他人的言行。

1)品德与道德的区别

(1)品德与道德所属的范畴不同。道德是一种社会现象,品德是一种个体现象。

(2)品德与道德所反映的内容不同。道德反映的内容比品德反映的内容广阔得多。

(3)品德与道德产生的需要不同。道德的产生是社会需要。品德的产生是个体需要。

2)品德与道德的联系

(1)品德是道德的具体化。

(2)社会道德风气影响着品德的形成与发展。

(3)个体的品德对社会道德有一定的反作用。

总之,品德和道德是相辅相成、辩证统一的关系。心理学和教育学研究个体品德,伦理学和社会学研究社会道德。

考点分析
重点理解道德具有社会性,品德具有个体性。本考点可能的考查形式为填空题、选择题、辨析题和简答题。

3. 品德的心理结构

品德的心理结构是指品德的心理成分及其相互关系。一般认为,品德的心理结构包括道德认识、道德情感和道德行为 3 种心理成分。

1)道德认识

道德认识是指对具体的行为准则或规范以及执行它们的社会意义的认识。

(1)道德知识的掌握(基础);

(2)道德信念的确立(关键因素);

(3)道德信念是对道德规范的深刻理解和牢固掌握,是推动个体产生道德行动的强大动力;

(4)道德评价能力的发展。

2)道德情感

道德情感是伴随道德认识所出现的一种内心体验。它是个体根据社会的道德规范评价自己和别人的行为举止时所产生的内心体验。如果符合自己所认同的道德准则便会产生积极的内心体验,不符合便会产生消极的内心体验。

道德情感有 3 种:

(1)直觉的道德情感体验

(2) 想象性的道德情感体验

(3) 伦理性的道德情感体验

3) 道德行为

道德行为是在道德认识和道德情感的推动下表现出来的对他人或社会具有一定道德意义的实际行为。道德行为是道德认识和道德情感的具体表现和外部标志,任何品德都要以道德行为及其效果来表现和说明,只有道德行为才使品德具有社会价值。

考点分析 品德的心理结构可能的考查形式为填空题、选择题和简答题。可能的考题如下。

选择题

由某种直接的情境引起的道德情感体验,从道德情感的表现形式划分,是一种(　　)。

A. 直觉性道德情感体验　　　　　　B. 形象性道德情感体验

C. 想象性道德情感体验　　　　　　D. 伦理性道德情感体验

解答与分析:此处选择"A"。

10.1.2　国外关于品德发展的理论

品德发展的认知阶段理论

1) 皮亚杰的道德发展阶段理论

如表 10-1 所示,皮亚杰使用"对偶故事"的方法将儿童的道德发展分为 4 个阶段。

表 10-1　皮亚杰的道德发展阶段理论

阶 段 名 称	说　　明
自我中心阶段(2~5岁)	不能把自己和他人外界的环境区别开来
权威阶段(5~8岁)	他律阶段,儿童对外在权威表现出绝对尊敬和顺从的愿望
可逆性阶段(8~10岁)	自律阶段,将规则看做是同伴间的共同约定,是可以改变的
公正阶段(10~12岁)	儿童的道德观念倾向于主持公正、平等

考点分析 本考点可能的考查形式为填空题、选择题和简答题。

2) 柯尔伯格的道德发展阶段论

如表 10-2 所示,柯尔伯格使用"两难故事"的方法将儿童的道德发展分为 3 个水平,每个水平又被分为两个阶段(参见表 10-3)。

表 10-2 柯尔伯格的道德发展阶段理论

阶段名称	说明
前习俗道德水平(9岁以下)	个体着眼于人物行为的具体结果及其与自身的利害关系,认为道德的价值不决定于人及准则,而是决定于外在的要求。根据行为的直接后果和与自身利害的关系判断是非好坏
习俗道德水平(10~20岁)	个体着眼于家庭、社会对其的期望和要求考虑问题,认为道德的价值在于为他人和社会尽义务,能够从社会成员的角度去思考道德问题,开始意识到人的行为必须符合群体或社会的准则。依据行为是否有利于维持习俗秩序,是否符合他人愿望进行判断
后习俗道德水平(20岁以上)	个体超越对社会秩序和权威的服从,开始在人类的正义、公正、个人的尊严等层面反思这些规则的合理性,建立一个超越个人或集团利益的普遍原则。着重根据个人自愿选择的标准进行判断

表 10-3 柯尔伯格的道德发展阶段理论细化

阶段名称	水平名称	说明
前习俗道德水平(9岁以下)	服从与惩罚取向阶段	为了服从权威,逃避惩罚
	相对功利取向阶段	以是否符合自己的要求和利益来判断行为的好坏,或者说只按行为后果是否带来需求的满足来判断行为的好坏
习俗道德水平(10~20岁)	寻求认可取向阶段	个体往往寻求别人认可,凡是成人赞赏的,自己就认为是对的。能获得赞扬和维持与他人良好关系的行为就是好的
	遵守法规取向阶段	认定规范中所定的事项是不能改变的,守法是对的。并且认为只要接受了这些社会规则他们就可以免受指责
后习俗道德水平(10~20岁)	社会契约取向阶段	道德信念的可变性。道德的原则是为了维护社会秩序的一致意见
	普遍伦理取向阶段	避免自责而不是他人的批评,即遵从社会标准也遵从内化的理想。决策的依据是抽象的原则如公正、同情、平等

考点分析 本考点可能的考查形式为填空题、选择题和简答题。可能的考题如下。

辨析题

根据美国心理学家柯尔伯格的道德发展阶段论,服从与惩罚取向阶段和相对功利取向阶段属于后习俗道德水平。

解答与分析：此判断错误。服从与惩罚取向和相对功利属于前习俗道德水平。

3）班杜拉的社会学习理论

（1）基本观点

班杜拉通过大量研究证明：对新的社会行为的学习更有效的方式是观察学习。观察学习是人们通过观察他人的行为及行为的后果而间接产生的学习，即通过观察榜样示范而进行的学习。也称为社会学习。社会学习理论将观察学习过程分为4个主要的组成部分：注意过程、保持过程、动作再现过程和动机过程。

① 注意过程：注意学习的对象是观察学习的第一步，观察学习的方式和数量都由注意过程筛选和确定。

② 保持过程：班杜拉认为"保持过程"是先将榜样行为转换成记忆表象，然后记忆表象再转换为言语编码（形成动作观念），表象和言语编码同时贮存在头脑中，对学习者以后的行为起指导作用。

③ 动作再现过程：动作再现过程是将记忆中的动作观念转换为行为，这是观察学习的中心环节。

④ 动机过程：动机过程贯穿于观察学习的始终，它引起和维持着人的观察学习活动。班杜拉认为有3种动机过程：

替代性强化：是班杜拉提出的一个非常重要的概念，指通过观察别人受强化，在观察者身上间接引起的强化作用（外部强化）。

直接强化：学习者行为本身受到强化（外部强化）。

自我强化：指人依靠信息反馈进行自我评价和调节并以自己确定的奖励来加强和维持自己行为的过程（内部强化）。

考点分析　　社会学习理论是大纲调整后新增的知识点。考生应重视观察学习的4个过程和观察学习的动机。本考点可能的考查形式为填空题、选择题和简答题。可能的考题如下。

填空题

① 社会学习理论将观察学习过程分为4个主要的组成部分：注意过程、保持过程、_____过程和动机过程。

解答与分析：此处应填写"动作再现"。

② _____过程是观察学习过程的中心环节。

解答与分析：此处应填写"动作再现"。

（2）如何树立良好的榜样

榜样具备以下5方面的示范作用：

① 行为示范

② 言语示范

③ 象征示范

④ 抽象示范

⑤ 参照示范

榜样应该具备以下 5 个条件,才能对学习者产生有效的影响。

① 榜样的示范要特点突出、生动鲜明,以引起学习者的注意。

② 榜样本身的特点与观察者越相似,越容易引起观察者学习。

③ 榜样示范的行为对于学习者来讲要具有可行性。

④ 榜样示范的行为要具有可信任性,即学习者相信榜样作出某种行为是出于自然,而不是具有别的目的。

⑤ 榜样的行为要感人,使学习者产生心理上的共鸣,这样学习者才会表现出类似的行为。

考点分析

本考点可能的考查形式为填空题、选择题和简答题。

10.1.3 中小学生品德发展的特征和影响因素

1. 小学生品德发展的特征

(1) 道德认知表现出从具体逐渐过渡到抽象、从片面逐渐过渡到全面的特点。

(2) 道德行为表现出从依附逐渐过渡到自觉、从模仿逐渐过渡到习惯的特点。

(3) 小学生品德发展的协调性。

2. 中学生品德发展的特征

1) 伦理道德发展的自律性

(1) 形成道德信念与道德理想;

(2) 自我意识增强;

(3) 道德行为习惯逐步巩固;

(4) 品德结构更为完善。

2) 品德发展由动荡向成熟过渡

(1) 学生在初中阶段品德发展具有动荡性;

(2) 学生在高中阶段品德发展趋向成熟。

考点分析

考生要掌握中学生和小学生在品德发展上的不同特点。本考点可能的考查形式为填空题、选择题、辨析题和简答题。

3. 影响品德发展的因素

1) 外部因素

(1) 家庭环境教育的影响

① 家庭的气氛；

② 父母的表率作用；

③ 父母的态度和教养方式。

(2) 学校环境教育的影响

① 校风和班风的影响；

② 教师教书育人的方式；

③ 学校的德育课程和各科教学对于影响学生的品德形成有重要意义。

(3) 社会因素的影响

① 社会主流和非主流影响；

② 电视节目、各种广告、网络等大众传媒对学生品德发展产生的影响越来越显著；

③ 社会名流、权威人士的传闻轶事，英雄人物的宣传报道，明星人物的语言、行为中表现的道德价值取向影响着青少年的道德认知。

(4) 同伴群体

良好的同伴关系有利于儿童形成自我概念、人格发展和获得熟练成功的社交技巧。

2) 内部因素

(1) 认知失调（费斯汀格）

人在多数情况下对某件事的态度，其认知成分（看法）与对行为成分的认知（行为）是一致的，因此心安理得，不需要改变态度与行为。假如两者出现了不一致，这时人的认知就失去了协调，产生了不舒服或紧张的心理状态。要减轻认知失调有以下 3 种途径：

① 改变认知；

② 增加新认知；

③ 改变认知的相对重要性。

(2) 态度定势

态度定势是指个体由于过去的经历而对面临的人或事具有某种说不出多大理由而较执著的肯定或否定的内心倾向。如好感或厌恶、赞成或反对、趋向或回避等心理准备状态。

(3) 道德认知

品德的形成与改变取决于个体头脑中已有的对道德准则和规范的理解水平和掌握程度，取决于已有的道德判断水平。

考点分析 考生要重点掌握影响品德形成的内部因素,特别是认知失调的理论。本考点可能的考查形式为填空题、选择题、辨析题和简答题。

10.1.4　良好品德的培养

1. 如何培养学生的良好品德

1) 提高学生的道德认知能力

道德认知的形成与发展主要依赖于道德概念的掌握、道德信念的确立和道德评价能力的发展 3 个维度。

(1) 促进学生对道德概念的掌握;

(2) 引导学生把道德知识转变为道德信念;

(3) 发展学生的道德评价能力。

2) 激发学生的道德情感体验

(1) 知情结合,激起学生的道德情感体验;

(2) 以美育情,丰富学生的道德情感内容;

(3) 真情感化,促进学生道德情感的发展。

3) 注重学生的道德行为训练

道德行为的过程包括 3 个基本环节:确定目的和形成动机、实际的行动、行动后的效果和评价。

(1) 使学生了解有关行为的社会意义,产生自愿练习的愿望;

(2) 创设重复良好行为的情境,避免重复不良行为的机会;

(3) 提供道德行为练习与实践的榜样,让学生进行模仿;

(4) 让学生学会对自己的道德行为进行反思和评价;

(5) 注意矫正不良的行为习惯。

考点分析 重点理解培养学生良好品德需要兼顾道德认识能力、道德情感和道德行为 3 个方面,任何一个方面都不能偏废。要结合教学实例进行论述。本考点可能的考查形式为简答题和论述题。可能的考题如下。

辨析题

良好品德的培养关键是提高学生的道德认知,学生只要掌握了道德知识,就可以形成良好的品德。

解答与分析:此判断错误。必须从道德认知、道德情感和道德行为 3 个方面培养学生良好品德。

2. 学生道德评价能力发展的规律

（1）从"他律"到"自律"；

（2）从"结果"到"动机"；

（3）从"对人"到"对己"；

（4）从"片面"到"全面"。

考点分析

　　本考点可能的考查形式简答题和辨析题。可能的考题如下。

辨析题

儿童在进行道德评价时可以兼顾结果和动机。

　　解答与分析：此判断错误。儿童的道德评价发展经历从重"结果"到"动机"和"结果"兼顾发展的过程。所以，儿童在进行道德评价时可能只能根据结果进行评价。

3. 道德情感的作用

（1）道德情感是道德品质结构中的重要组成部分；

（2）道德情感对道德认识起着引导与深化作用；

（3）道德情感对道德行为起着引发与支持的作用；

（4）移情是产生亲社会行为的中介变量。

　　移情又称同理心，是道德情感的一种，是指设身处地地以别人的立场去体会当事人的心情。

考点分析

　　本考点可能的考查形式为简答题和填空题。

10.2　本章模拟试卷及参考答案

一、选择题（每题 **2** 分，共 **20** 分）

1. 观察学习一般要经历（　　）。

　　A. 注意过程→再现过程→保持过程

　　B. 注意过程→保持过程→再现过程

　　C. 再现过程→注意过程→保持过程

　　D. 再现过程→保持过程→注意过程

2. 把道德认知分为"他律"和"自律"两个阶段的是（　　）。

　　A. 柯尔伯格　　　　B. 皮亚杰　　　　C. 维果斯基　　　　D. 弗洛伊德

3. 皮亚杰的道德发展阶段论是从（　　　）岁开始的,因为他认为这之前儿童没有道德。

    A. 1　　　　　　　B. 2　　　　　　　C. 3　　　　　　　D. 5

4. 以下各项中（　　　）不属于儿童品德不良的客观原因。

    A. 家教不严,家长自身作风不良　　　B. 教师对学生品德影响有所疏忽

    C. 学生接触的社会环境太过复杂　　　D. 学生自身意志薄弱

5. 以下有关道德情感作用的总结不正确的是（　　　）。

    A. 可以调节、控制人的道德行为

    B. 使人乐于接受任何一种道德概念

    C. 使人乐于接受某一人的道德教育

    D. 可以激发和引导人的道德认识

6. 一名学生在学校受同学欺负,回到家后,妈妈对他说:"他为什么打你? 你告诉老师,让老师对他讲不可以打架的道理。";爸爸则说:"谁敢打你,下回你也打他!"对于这类家长的表现,以下几种描述中最贴切的是（　　　）。

    A. 养而不教,重养轻教

    B. 宠严失度,方法不当

    C. 要求不一致,互相抵消

    D. 家长生活作风不良,给孩子潜移默化的影响

7. 下面各项中（　　　）不是小学生品德发展的特点。

    A. 道德认知从具体过渡到抽象

    B. 道德行为表现为从依附过渡到自觉

    C. 道德认知从片面过渡到全面

    D. 品德发展具有不协调性

8. 根据研究,（　　　）是品德发展的关键期。

    A. 初一年级　　　B. 高一年级　　　C. 初二年级　　　D. 高二年级

9. "富贵不能淫,贫贱不能移,威武不能屈"反映了态度与品德形成过程的（　　　）阶段。

    A. 依从　　　　　B. 认同　　　　　C. 同化　　　　　D. 内化

10. 表面接受他人的意见或观点,在外显行为方面与他人一致,而在认识与情感上与他人并不一致,这种现象称为（　　　）。

    A. 从众　　　　　B. 服从　　　　　C. 依从　　　　　D. 顺从

二、填空题（每空 2 分,共 20 分）

1. 费斯汀格认为改变认知失调的方法有_____、增加新认知和改变认知相对重要性 3 种。

2. 柯尔伯格将后习俗水平的道德分为_____和普遍伦理取向阶段。

3. _____是个体根据社会的道德规范评价自己和别人的行为举止时所产生的内心体验。

4. _____就是学习者行为本身受到强化。

5. _____是指个体由于过去的经历而对面临的人或事具有某种说不出多大理由而较执著的肯定或否定的内心倾向。

6. _____是指由社会舆论力量和个人内在信念系统支持的行为规范的总和。

7. _____是品德的核心。

8. 道德认知包括三个环节：道德知识的掌握、道德信念的确立和_____。

9. 道德情感分为直觉的道德情感体验、_____和伦理性的道德情感体验。

10. 社会学习理论是由_____于20世纪60年代提出的。

三、辨析题（每题 5 分，共 20 分）

1. 品德和道德只是名称不同，本质是一样的。

2. 道德认知是良好道德的基础。

3. 学生道德评价能力是从重"动机"到重"结果"发展的。

4. 态度定势对品德形成只有消极作用。

四、简答题（每题 4 分，共 20 分）

1. 简述树立良好榜样的条件。

2. 简述中学生品德发展的特点。

3. 简述影响品德形成的因素。

4. 简述道德情感的作用。

5. 简述皮亚杰的儿童道德发展阶段理论。

五、论述题（每题 10 分，共 20 分）

1. 论述如何培养学生的良好品德。

2. 论述如何培养学生良好的行为习惯。

【模拟试卷参考答案】

一、选择题

题号	1	2	3	4	5	6	7	8	9	10
答案	B	B	D	D	B	C	D	C	D	A

二、填空题

1. 改变现有认知

2．社会契约阶段

3．道德情感

4．直接强化

5．态度定势

6．道德

7．道德认知

8．道德评价能力的发展

9．想象性的道德情感体验

10．班杜拉

三、辨析题

1．【错误】。品德和道德是两个不同的概念。

2．【正确】。

3．【错误】。由重"结果"向"动机"和"结果"兼顾发展。

4．【错误】。前者对后者具有双重作用。

四、简答题

1．

答：榜样应该具备以下5个条件，才能对学习者产生有效的影响。

（1）榜样的示范要特点突出、生动鲜明，以引起学习者注意。

（2）榜样本身的特点与观察者越相似，越容易引起观察者学习。

（3）榜样示范的行为对于学习者来讲要具有可行性。

（4）榜样示范的行为要具有可信任性，即学习者相信榜样作出某种行为是出于自然，而不是具有别的目的。

（5）榜样的行为要感人，使学习者产生心理上的共鸣，这样学习者才会表现出相类似的行为。

2．

答：中学生品德发展的特征如下。

（1）伦理道德发展的自律性。

① 形成道德信念与道德理想；

② 自我意识增强；

③ 道德行为习惯逐步巩固；

④ 品德结构更为完善。

（2）品德发展由动荡向成熟过渡。

① 初中阶段品德发展具有动荡性；

② 高中阶段品德发展趋向成熟。

3.

答：影响品德形成的因素分为内部因素和外部因素。

(1)外部因素

① 家庭环境教育的影响：家庭气氛,父母表率,父母的态度和教养方式。

② 学校环境教养的影响：校风和班风,教师教书育人的方式,学校的德育课程和各科教学。

③ 社会因素的影响：社会主流和非主流价值观念,电视、广告、网络等大众媒体,社会名流。

④ 同伴群体：良好的同伴关系有助于儿童获得熟练成功的社会技巧并有利于儿童自我概念和人格发展。

(2)内部因素

① 认知失调：人在多数情况下对某件事的态度,其认知成分(看法)与对行为成分的认知（行为）是一致的,因此心安理得,不需要改变态度与行为。假如两者出现了不一致,这时人的认知就失去了协调,产生了不舒服或紧张的心理状态。

② 态度定势：指个体由于过去的经历而对面临的人或事具有某种说不出多大理由而较执著的肯定或否定的内心倾向。如好感或厌恶、赞成或反对、趋向或回避等心理准备状态。

③ 道德认知：品德的形成与改变取决于个体头脑中已有的道德准则和规范的理解水平和掌握程度,取决于已有的道德判断水平。

4.

答：道德情感的作用表现在以下 4 个方面。

(1)道德情感是道德品质结构中的重要组成部分。

(2)道德情感对道德认识起着引导与深化作用。

(3)道德情感对道德行为起着引发与支持作用。

(4)移情是产生亲社会行为的中介变量。

5.

答：皮亚杰采用"对偶故事"的方法将儿童的道德发展分为以下 4 个阶段。

(1)自我中心阶段(2~5 岁)：不能把自己和他人、外界的环境区别开来。

(2)权威阶段(5~8 岁)：又被称为他律阶段,儿童对外在权威表现出绝对尊敬和顺从的愿望。

(3)可逆性阶段(8~10 岁)：又被称为自律阶段,将规则看做是同伴间的共同约定,是可以改变的。

(4)公正阶段(10~12 岁)：儿童的道德观念倾向于主持公正、平等。

五、论述题

1.

答：（1）提高学生的道德认识能力。

① 促进学生对道德概念的掌握；

② 引导学生把道德知识转变为道德信念；

③ 发展学生的道德评价能力。

（2）激发学生的道德情感体验。

① 知情结合，激起学生的道德情感体验；

② 以美育情，丰富学生的道德情感内容；

③ 真情感化，促进学生道德情感的发展。

（3）注重学生的道德行为训练。

① 使学生了解有关行为的社会意义，产生自愿练习的愿望；

② 创设重复良好行为的情境，避免重复不良行为的机会；

③ 提供道德行为练习与实践的榜样，让学生进行模仿；

④ 让学生学会对自己的道德行为进行反思和评价；

⑤ 注意矫正不良的行为习惯。

2.

答：（1）道德行为的过程

道德行为的过程包括 3 个基本环节：确定目的和形成动机、实际的行动、行动后的效果和评价。

（2）道德行为方式的掌握

（3）道德行为习惯的培养

道德行为习惯是指稳定的、经常的，在一定情境下自然而然出现的道德行为方式。

① 使学生了解有关行为的社会意义，产生自愿练习的愿望；

② 创设重复良好行为的情境，避免重复不良行为的机会；

③ 提供道德行为练习与实践的榜样，让学生进行模仿；

④ 让学生学会对自己的道德行为进行反思和评价；

⑤ 注意矫正不良的行为习惯。

第11章

学校群体心理

11.1 本章考核知识点分析

【本章考核目标】

1. 了解群体、群体规范、群体凝聚力、人际关系、人际沟通等基本概念；非正式群体的特点；群体的特征与心理功能；印象形成中的若干效应；人际沟通的要素和功能等。

2. 理解群体规范的功能；影响群体凝聚力的因素；学校非正式群体的作用与影响；人际沟通的障碍与技巧；师生有效沟通的心理学原则。

11.1.1 群体与群体规范

1. 群体的概述

1) 群体的定义

群体是指两个人以上，为了达到共同的目标，以一定的方式联系在一起进行活动的人群就是群体。

2) 群体的特征

(1) 目标与规范

(2) 组织与沟通

(3) 群体心理与群体凝聚力

3) 群体的心理功能

(1) 归属功能

(2) 认同功能

(3) 支持功能

(4) 塑造功能

考点分析 本考点是考试大纲中的"了解"类型的知识点。考生应了解群体的定义、群体的特征和群体的心理功能。本知识点可能的考查形式为填空题和选择题。

2. 群体规范

1）群体规范的定义

群体规范是群体中每个成员必须遵守的思想和行为的标准。群体规范使成员知道，在什么情境下应该怎样行为，不应该怎样行为。

（1）正式规范：存在于正式群体中。

（2）非正式规范：是成员们约定俗成的。

2）群体规范的形成

心理学家谢里夫借用心理学中的"游动实验"认为：群体规范是在群体成员相互作用中产生的，是从无到有的；群体规范比个体规范对个人行为的约束力更大。

3）群体规范的功能

（1）维系群体的功能。

（2）评价标准的功能。

（3）行为导向的功能。

（4）惰性功能：将群体成员的行为限制在中等水平上。

考点分析 本考点是考试大纲中的"了解"类型的知识点。考生应了解群体规范的定义、群体规范是如何形成的以及群体规范的功能，特别是惰性功能是群体规范中的消极特点。本知识点可能的考查形式为填空题、选择题、简答题和辨析题。

4）学校群体规范的意义与作用

（1）群体规范会形成群体压力，对学生的心理和行为产生极大的影响。

从众：在群体压力下，成员有可能放弃自己的意见而采取与大多数人一致的行为。

（2）群体规范通过从众使学生保持认知、情感和行为上的一致，并为学生的行为规定了方向和范围，成为引导学生行为的指南。

考点分析 本知识点可能的考查形式为简答题，从众的定义可能以填空题和选择题的形式考查。

3. 群体凝聚力

1）群体凝聚力的概念

群体凝聚力指群体对每一个成员的吸引力。

2）影响群体凝聚力的因素

（1）成员对群体目标的认同。

（2）群体的领导方式。民主、专制、放任 3 种领导方式中，民主更能增强群体凝聚力。

（3）群体内部目标结构和奖励方式。群体内部的目标结构分为合作、竞争和独立，合作比竞争和独立更能增强群体凝聚力，但竞争也是不能缺少的；奖励方式分为个体奖励和群体奖励两种，群体奖励有利于提高群体凝聚力。

（4）竞争。这里的竞争指群体间的竞争，群体间的竞争会增强群体内部凝聚力。

3）班级凝聚力的维持

（1）从维持班集体凝聚力的角度来看，教师应尽量培养同学间的合作气氛。

（2）要帮助班级里的所有学生对一些重大事件与原则问题保持共同的认识和评价，形成认同感。

（3）引导所有学生在情感上加入群体，丰富班级活动，班集体成员有开放和畅通的沟通渠道，学生以作为班级的成员而感到自豪，形成归属感。

（4）当学生表现出符合群体规范和群体期待的行为时，就给予赞许和鼓励，使其行为因强化而巩固，形成力量感。

考点分析

考生应了解群体凝聚力的概念，理解影响群体凝聚力的因素，了解如何促进和维持班级凝聚力。本知识点可能的考查形式为填空题、选择题、简答题和辨析题。

4. 非正式群体

1）非正式群体的定义

非正式群体指那些以个人之间共同的价值观、兴趣、爱好和友谊为基础而结成的群体，又被称为同伴群体、同辈群体和友伴群体。

2）非正式群体的特点

（1）凝聚力强；

（2）群体内有不成文的行为规范；

（3）信息传递快，反应灵敏；

（4）自然形成的首领受到成员拥护，有威望，影响力大。

3）非正式群体的分类

非正式群体按形成原因可以分为以下 4 类：

（1）爱好型

（2）利益型

（3）情感型

（4）亲缘型

从对学校教育目标的影响程度来区分非正式群体可以分为以下4类：

（1）积极型：与学校教育目标一致；

（2）中性型：与学校教育目标无关；

（3）消极型：与学校教育目标不一致，但未达到破坏程度；

（4）破坏型：超越学校和法律许可的范围。

4）学校非正式群体的作用与影响

（1）要不断巩固和发展正式群体。

（2）对非正式群体要区分对待：

① 积极型：鼓励支持；

② 中性型：谨慎对待；

③ 消极型：教育、争取、引导和改造；

④ 破坏型：取缔和制裁。

考点分析　　考生应了解非正式群体的特点，正确理解对学校中非正式群体的引导方式。本知识点可能的考查形式为填空题、选择题、简答题和辨析题。可能的考题如下。

辨析题

学校的非正式群体都应该取缔。

解答与分析：此判断错误。学校中的非正式群体按与学校的教育目标的关系分为4类，需要区分对待。

11.1.2　学校人际关系

1. 人际关系的概念

人际关系是人们在一定的群体背景中，在活动和交往过程中结成的心理关系，即心理距离。它的形成与变化取决于交往双方需要满足的程度。

2. 印象形成效应及对教师认知的影响

1）印象形成概述

（1）印象形成的概念：印象形成是人在社会生活中形成并存储在记忆中的认知对象的形象。

（2）印象形成的模式：一致的观念导致印象形成，印象形成的模式有加法模式、平均模式和加权模式。

2) 印象形成中的若干效应

(1) 首因效应和近因效应

首因效应是指人们比较重视最先得到的信息,据此对他人作判断。

近因效应则是指最后得到的信息对他人的印象形成起较强作用的现象。

首因效应和近因效应的教育启示如下。

① 教师要给学生留下良好的第一印象。

② 教师要克服首因效应的消极影响,以发展的眼光看待每一位学生。

③ 为克服近因效应的消极影响,教师还要考虑学生的一贯表现。

(2) 晕轮效应

晕轮效应又称光圈作用,指他人的某种品质或特征非常突出,给人以清晰鲜明的印象,以致掩盖了对他的其他品质和特征的判断,即像晕轮一样,一点发亮,照亮四周,"以点概面"了。

晕轮效应的教育启示是:教师要避免学生的突出特征掩盖了其他特征,要全面看待一个学生的优缺点。

(3) 刻板印象

刻板印象又称定型,指社会对某一对象有一种固定的看法。这就是对一群人的动机或特征加以概括,然后把同一特征归属于群体中的每一个成员,而不管群体成员的实际差异。

刻板印象的教育启示如下。

① 教师要注意对学生的调查研究,避免形成偏见。

② 一旦形成偏见,要努力消除。

(4) 投射效应

投射效应是指一个人由于自己的需要和情绪倾向,而将自己的特征投射到别人身上的现象。投射作用使得人们将自己本来具有的东西看成是别人具有这些东西。

投射效应的教育启示如下。

① 教师要避免以自己的想法代替学生的想法。

② 教师要避免以自己的思维方式和思维习惯揣度学生。

③ 教师要避免以自己的理解力和接受力来要求学生。

考点分析

重点结合教学实例理解印象形成中的若干效应的教育启示。本知识点可能的考查形式为填空题、选择题和简答题。

3. 吸引和排斥

1）人际吸引与排斥的概念

（1）人际吸引是指交往双方出现相互亲近、相互喜欢的现象，它以认知协调、情感和谐及行动一致为特征。

（2）人际排斥则是交往双方出现关系极不融洽、相互疏远的现象，以认知失调、情感冲突和行为对抗为特征。

2）人际吸引与排斥的因素

（1）外貌：容貌、体态、服饰、举止、风度、行为等因素在决定是否对他人产生吸引力上有很大作用。

（2）能力：能力与被人喜欢的程度只在一定限度内成正比关系，超出了这个限度，能力就对交往对象构成了压力。

（3）相似：人们喜欢那些和自己相似的人。其中包括各种情况的相似。

（4）互补：性格和需要的互补也可能产生吸引。

（5）邻近：指人与人之间的时空距离和交往频率影响着他们的关系。

（6）性格特征：指一个人的综合心理品质的吸引力。

4. 合作和竞争

1）合作

合作是指学生们为了共同目标在一起学习和工作或者完成某项任务的过程。合作是一种与竞争相对立的社会相互作用方式。

2）竞争

竞争指个体或群体充分实现自身的潜能，力争按优胜标准使自己的成绩超过对手的过程。竞争必须具备两个基本条件：一是双方有共同争夺的目标，二是竞争的结果只有一方取得成功。

考点分析 重点理解竞争与合作是对立统一的，不能片面强调合作而忽视竞争；也不能片面强调竞争而忽视合作。本知识点可能的考查形式为填空题、选择题和辨析题。可能的考题如下。

辨析题

在学校教育中要提倡合作，避免竞争。

解答与分析：此判断错误。竞争与合作是对立统一的，我们不能片面强调合作而忽视竞争；也不能片面强调竞争而忽视合作。

11.1.3 学校人际沟通

1. 人际沟通概述

1) 人际沟通(信息沟通)

人际沟通是指人们之间的信息交流过程,也就是人们在共同活动中彼此交流各种观念、思想和情感的过程。

2) 人际沟通的特点

(1) 沟通双方都有各自的动机、目的和立场,并有预想的沟通结果。

(2) 人际沟通同时借助言语和非言语两类符号。

(3) 人际沟通是一种动态系统,刺激和反应互为因果。

(4) 沟通的双方应有统一的或近似的编码系统和译码系统。

3) 人际沟通的功能

费斯汀格认为人际沟通的功能如下:

(1) 传达信息;

(2) 满足个人心理需要。

洛莫夫认为人际沟通的功能如下:

(1) 交流信息;

(2) 交流思想;

(3) 交流情感。

我国心理学家认为人际沟通的功能如下:

(1) 传达信息;

(2) 心理保健;

(3) 形成和发展社会心理。

考点分析 人际沟通的定义和功能可能的考查形式为填空题和选择题;人际沟通的特点可能的考查形式为简答题。

2. 人际沟通过程

1) 人际沟通所涉及的要素

如图 11-1 所示,人际沟通中主要涉及 4 个基本要素:

(1) 信息源:具有信息并试图沟通的个体。

(2) 接收者:根据自己的已有经验,将接收到的

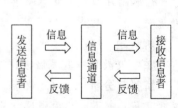

图 11-1 人际沟通模型

符号进行转译。

(3) 信息：沟通者试图传达给他人的观念和情感。

(4) 通道：信息的载体。

考点分析　本考点可能的考查形式为选择题、填空题和简答题。

2) 沟通障碍

(1) 地位障碍：由阶级、政治、宗教甚至年龄引起的沟通障碍。

(2) 组织结构障碍：由于组织机构庞杂、信息传递不良引起的沟通障碍。

(3) 文化障碍：不同文化背景带来的沟通障碍。

(4) 语言障碍：个人言语表达、交流和理解能力、记忆能力不佳带来的沟通障碍。

(5) 个性障碍：不同的个性倾向和个性心理特征带来的沟通障碍。

(6) 社会心理障碍。

考点分析　能结合实例判断沟通障碍的类型。本考点可能的考查形式为选择题、填空题和简答题。

3. 有效沟通的技巧

1) 有效师生沟通的基本前提

对师生沟通的含义应有以下几点理解：

(1) 教师所做的每一件事都是在与学生沟通。

(2) 教师发出信息的方式影响学生准确接受信息。

(3) 教师开始传递信息的方式往往决定了与学生沟通的结果。

(4) 师生沟通是双向的，教师从学生的反馈中判断沟通是否成功。

考点分析　本考点可能的考查形式为简答题。

2) 有效促进师生沟通的心理学原则

学生首先需要对教育活动产生热情，才会有对教育活动的投入；只有对教师产生尊敬、好感等正面的情绪，才能接受教师所传递的教育影响。为此，教师应做到以下几点。

(1) 真诚：自由地表达真正的自己，表现出开放与诚实。

(2) 尊重与接纳，但不对学生进行无理性的溺爱和迁就。

(3) 同理心。同理心包括3个条件：第一，站在对方的立场去理解对方；第二，了解导致这种情形的因素；第三，让对方了解自己对其设身处地的理解。（沟通的前提）

考点分析　重点理解"同理心"的定义和产生条件。本考点可能的考查形式为选择题、填空题和简答题。

3）倾听是首要的沟通技巧

倾听的 4 个层次：

（1）心不在焉；

（2）被动消极；

（3）主动积极；

（4）同理心：带着理解和尊重积极主动地倾听。同理心的倾听的出发点是为了"了解"而非为了"反应"，也就是通过交流去了解别人的观念和感受。

考点分析 本考点可能的考查形式为选择题和填空题。

4）积极倾听的技巧

（1）带着热情来倾听。

（2）使用并观察肢体语言。

（3）非必要时,避免打断他人的谈话。

（4）反应式倾听。

（5）找出重点。

（6）暗中回顾,整理出重点,并提出自己的结论。

（7）接受说话者的观点。

（8）做一个主动的倾听者。

（9）提出问题和适时引入新话题。

（10）要听出言外之意。

考点分析 本考点可能的考查形式为简答题。

11.2 本章模拟试卷及参考答案

一、选择题（每题 2 分,共 20 分）

1. 约束群体内成员的行为准则称为（   ）。

    A. 群体气氛   B. 群体压力   C. 群体凝聚力   D. 群体规范

2. 人的年龄也会造成沟通障碍,所谓"代沟"是指（   ）。

    A. 心理障碍   B. 个性障碍   C. 地位障碍   D. 文化障碍

3. 用"游动现象"解释群体规范形成的心理学家是（   ）。

    A. 谢里夫   B. 艾里斯   C. 费斯汀格   D. 安德森

4. 下列群体规范的功能中（   ）是要求成员行为趋于一致。

    A. 维系群体   B. 评价标准   C. 行为导向   D. 惰性功能

5. 下面各项中（　　）不是积极倾听的技巧。

　　A. 表达自己的看法　　　　　　　　B. 使用并观察肢体语言

　　C. 接受说话者的看法　　　　　　　D. 听出言外之意

6. 下面各项中（　　）不是有效师生沟通的心理学原则。

　　A. 真诚　　　　　　B. 尊重与接纳　　　　C. 同理心　　　　　D. 反馈

7. （　　）指那些以个人之间共同的价值观、兴趣、爱好和友谊为基础而结成的群体。

　　A. 正式群体　　　　B. 非正式群体　　　　C. 班集体　　　　　D. 兴趣小组

8. 下面各项中（　　）非正式群体应该大力支持鼓励。

　　A. 积极型非正式群体　　　　　　　B. 中性型非正式群体

　　C. 消极型非正式群体　　　　　　　D. 破坏型非正式群体

9. 下面各项中（　　）不是人际沟通的功能。

　　A. 传达信息　　　　　　　　　　　B. 心理保健

　　C. 形成和发展社会心理　　　　　　D. 自我实现

10. 倾听的最高层次是（　　　）。

　　A. 心不在焉　　　B. 被动消极　　　C. 主动积极　　　　D. 同理心

二、填空题（每题 **2** 分，共 **20** 分）

1. 人际沟通中涉及的要素有_____、信道、信息和信息接受者。

2. _____和_____是学校中主要的人际关系。

3. 人际沟通是指人们之间_____的过程，也就是人们在共同活动中彼此交流各种观念、思想和情感的过程。

4. _____是指交往双方出现相互亲近、相互喜欢的现象，它以认知协调、情感和谐及行动一致为特征。

5. _____是指一个人由于自己的需要和情绪倾向，而将自己的特征投射到别人身上的现象。

6. 印象形成的模式有_____、_____和加权模式。

7. 群体的领导方式分为民主式、_____和放任式。

8. 群体的心理功能有归属功能、_____、支持功能和塑造功能。

三、辨析题（每题 **5** 分，共 **20** 分）

1. 竞争只会破坏群体凝聚力。

2. 学校非正式群体对学校的教育目标总是起阻碍作用。

3. 为了维护群体凝聚力应总是使用群体奖励。

4. 非正式群体中的凝聚力强于正式群体。

四、简答题(每题 4 分,共 20 分)

1. 简述影响群体凝聚力的因素。

2. 简述如何维持班级凝聚力。

3. 简述有效师生沟通的基本前提。

4. 简述人际沟通的特点。

5. 简述非正式群体的特点。

五、论述题(共 20 分)

简述印象形成的效应及对教师认知的影响。

【模拟试卷参考答案】

一、选择题

题号	1	2	3	4	5	6	7	8	9	10
答案	D	C	A	D	A	D	B	A	D	D

二、填空题

1. 信息发送者

2. 吸引和排斥,合作和竞争

3. 信息交流

4. 人际吸引

5. 投射效应

6. 加法模式,平均模式

7. 专制式

8. 认同功能

三、辨析题

1.【错误】。竞争具有双重作用。

2.【错误】。非正式群体具有双重作用。

3.【错误】。协调使用群体奖励和个体奖励。

4.【正确】。

四、简答题

1.

答:(1)成员对群体目标的认同:群体成员对群体目标的认同度越高,对增强群体凝聚力越有利。

（2）群体的领导方式：在民主、专制和放任3种领导方式中，民主式的领导方式更能增强群体凝聚力。

（3）群体内部目标结构和奖励方式：群体内部的目标结构分为合作、竞争和独立，合作比竞争和独立更能增强群体凝聚力，但竞争也是不能缺少的；奖励方式分为个体奖励和群体奖励两种，群体奖励有利于提高群体凝聚力。

（4）竞争：群体间的竞争会增强群体内部凝聚力。

2.

答：（1）从维持班集体凝聚力的角度来看，教师应尽量培养同学间的合作气氛。

（2）要帮助班级里的所有学生对一些重大事件与原则问题保持共同的认识和评价，形成认同感。

（3）引导所有学生在情感上加入群体，丰富班级活动，班集体成员有开放和畅通的沟通渠道，学生以作为班级的成员而感到自豪，形成归属感。

（4）当学生表现出符合群体规范和群体期待的行为时，就给予赞许和鼓励，使其行为因强化而巩固，形成力量感。

3.

答：有效师生沟通的基本前提是对师生沟通的含义的理解。

（1）教师所做的每一件事都是在与学生沟通。

（2）教师发出信息的方式影响学生准确接收信息。

（3）教师开始传递信息的方式往往决定了与学生沟通的结果。

（4）师生沟通是双向的，教师从学生的反馈中判断沟通是否成功。

4.

答：人际沟通的特点如下：

（1）沟通双方都有各自的动机、目的和立场，并预想结果。

（2）人际沟通同时借助言语和非言语两类符号。

（3）人际沟通是一种动态系统，刺激和反应互为因果。

（4）沟通的双方应有统一的或近似的编码系统和译码系统。

5.

答：非正式群体的特点是：

（1）凝聚力强。

（2）群体内有不成文的行为规范。

（3）信息传递快，反应灵敏。

（4）自然形成的首领受到成员拥护，有威望，影响力大。

五、论述题

答：（1）首因效应和近因效应：首因效应是指人们比较重视最先得到的信息，据此对他人作判断；近因效应则是指最后得到的信息对他人的印象形成起较强作用的现象。

首因效应和近因效应的教育启示如下。

① 教师要给学生留下良好的第一印象。

② 教师要克服首因效应的消极影响，以发展的眼光看待每一位学生。

③ 为克服近因效应的消极影响，教师还要考虑学生的一贯表现。

（2）晕轮效应：又称光圈作用，指他人的某种品质或特征非常突出，给人以清晰鲜明的印象，以致掩盖了对他的其他品质和特征的判断。

晕轮效应的教育启示是：教师要避免学生的突出特征掩盖了其他特征，要全面看待一个学生的优缺点。

（3）刻板印象：又称定型，指社会对某一对象有一种固定的看法，这就是对一群人的动机或特征加以概括，然后把同一特征归属于群体中的每一个成员，而不管群体中各成员的实际差异。

刻板印象的教育启示如下。

① 教师要注意对学生的调查研究，避免形成偏见。

② 一旦形成偏见，要努力消除。

（4）投射效应：是指一个人由于自己的需要和情绪倾向，而将自己的特征投射到别人身上的现象。投射作用使得人们将自己本来具有的东西看成是别人具有这些东西。

投射效应的教育启示如下。

① 教师要避免以自己的想法代替学生的想法。

② 教师要避免以自己的思维方式和思维习惯揣度学生。

③ 教师要避免以自己的理解力和接受力来要求学生。

第12章

学生与教师心理健康

12.1　本章考核知识点分析

【本章考核目标】

1. 了解心理健康的含义,心理辅导的目标,学生和教师的常见心理问题,行为改变和认知调适的方法。

2. 理解心理健康的标准,心理辅导的原则和途径,影响教师心理健康的因素,教师心理健康的维护。

12.1.1　心理健康及其标准

1. 心理健康的定义

心理健康就是一种良好的、持续的心理状态与过程,表现为个人具有生命的活力、积极的内心体验和良好的社会适应,能够有效发挥个人的身心潜力以及作为社会一员的积极的社会功能。

世界卫生组织认为,健康应该包括生理、心理、社会适应和道德健康几个方面。

考点分析　　本考点是考试大纲中的"了解"类型的知识点。本知识点可能的考查形式为填空题、选择题。

2. 心理健康标准

1) 对现实的有效知觉

(1) 对现实有正确的知觉能力;

(2) 能和现实生活环境保持良好的接触;

(3) 与现实社会保持真实的联系。

2）自知自尊与自我接纳

（1）有自知之明；

（2）能够自我接纳。

3）自我调控能力

（1）心理健康的人的情绪是比较稳定的；

（2）心理健康的人具有自制能力。

4）与人建立亲密关系的能力

（1）心理健康的人是有朋友的；

（2）善于与人相处；

（3）用积极的态度与人交往。

5）人格结构的稳定与协调

（1）心理健康的人能保持人格的完整统一；

（2）心理健康的人思想与行为是统一的、协调的；

（3）心理健康的人能够真实体验一切存在的情绪或态度，而不是歪曲或掩盖这些体验，更不是欺骗自己；

（4）心理健康的人的行为基本上是表里如一的，人前人后的行为是基本一致的；

（5）心理健康的人对事物的认识不绝对化，适度、有分寸，能辩证地看待事物；

（6）心理发展符合年龄特征。

6）生活热情与工作高效率

（1）心理健康的人是喜欢学习与工作的，他们不断完善自己，并且能把聪明才智倾注于学习和工作中，从中得到满足与愉快；

（2）心理健康的人是努力追求新知识、捕捉新信息的。

考点分析 本考点是考试大纲中的"理解"类型的知识点。在理解"心理健康"时应从以下3方面去考虑：

① 兼顾个人内部协调和对外良好适应；

② 心理健康的概念具有相对性；

③ 心理健康是一种结果，更是一种过程。

本知识点可能的考查形式为填空题、选择题和简答题。

12.1.2　中小学心理健康教育

1. 小学生易产生的心理问题

1）儿童多动综合症

儿童多动综合症（简称多动症）是小学生中最为常见的一种以注意力缺陷和活动

过度为主要特征的行为障碍综合症。高峰发病年龄为 8～10 岁。

多动症的主要障碍是精神上或心理和行为方面的,其中,注意障碍和活动过度又是本症的主要特征。

2) 学习困难综合症

学习困难综合症是指某些智力正常或接近正常的儿童,因神经系统的某种或某些功能性失调,使其在听、读、写、算方面能力降低或发展较慢,以至陷入学习困难。学习困难综合症在小学生中比较多见,主要表现如下。

（1）缺少某种学习技能；

（2）诵读困难；

（3）计算困难；

（4）绘画困难；

（5）交往困难。

考点分析　　对学习困难综合症重点理解它的前提"智力正常或接近正常"。本知识点可能的考查形式为填空题、选择题和辨析题。

3) 儿童过度焦虑反应

儿童过度焦虑反应是儿童情绪障碍的一种表现。在小学生中,以女生的过度焦虑反应较为多见。

过度焦虑的儿童常常对学习成绩、陌生环境等反应敏感,担心害怕,甚至惶恐哭闹,显得很不安宁;对一些小事情也表现出过度的恐惧。

4) 儿童厌学症

厌学是由于人为因素所造成的儿童情绪上的失调状态。

儿童厌学症的主要表现是对学习不感兴趣,讨厌学习。厌学的儿童对学习有一种说不出来的苦闷感,一到学习就心烦意乱,焦躁不安,他们对教师或家长有抵触情绪,学习成绩不好,有的还兼有品德问题。儿童厌学情绪严重或受到一定诱因影响时,往往会发生旷课、逃学或辍学现象。

5) 儿童强迫行为

儿童强迫行为在小学高年级男生中较为多见。主要表现包括：

（1）强迫性洗手；

（2）强迫性计数；

（3）强迫性自我检查；

（4）有的患儿表现为刻板的仪式性动作或其他强迫行为。

6) 学校恐怖症

学校恐怖症是一种典型的心理适应不良综合症。除了情绪上的恐学状态之外,这种症状还同其他生理、心理缺陷有密切联系。学校恐怖症的主要症状是害怕上学。

考点分析　　　重点理解"儿童厌学症"和"学校恐怖症"的区别。前者是对学习有关的现象都不感兴趣；而后者是只是不愿意去学校。本知识点可能的考查形式为填空题、选择题和辨析题。

2. 中学生易产生的心理问题

1）焦虑症

焦虑是一种内心紧张不安、预感到似乎将要发生某种不利情况而又难于应付的不愉快情绪。

焦虑症是以与客观威胁不相适合的焦虑反应为特征的神经症，这是将焦虑作为一种独立的神经症来看。

考试焦虑：可能导致考试焦虑的原因有升学压力、家长期望、争强好胜、多次失败。

焦虑品质：遇事易于紧张、胆怯，对困难情境作过高程度的估计，对身体的轻微不适过分关注，在发生挫折与失败时过分自责。

2）抑郁症

抑郁症或称神经症性抑郁是对痛苦经历的抑郁反应，以持久的抑郁心境为特征。抑郁症主要围绕抑郁情绪而显现出种种表现。

（1）躯体方面的主诉多且易变，给人的印象是过分关注；

（2）临床上最突出的症状为持久的情绪低落；

（3）自觉活力降低；

（4）社交活动减少。

3）强迫症

强迫症是指病人意识上反复出现不能控制的观念、思想、恐惧、冲动和疑虑。这些心理活动的内容违反病人自己的意愿，使他们感到惊惧、焦虑和不安，但又体验到它们确是出自内心，不是外力强加的。因此，不断地对自己进行抵抗，病人感到一种自我强迫的冲突体验。

4）恐怖症

恐怖症是对某一特定的物体、活动或处境产生持续的、紧张的、毫无道理的惧怕。患者采取回避行为，并有焦虑症状和植物神经功能障碍。恐怖症主要包括以下几种。

（1）处境恐怖；

（2）社交恐怖；

（3）物体或动物恐怖。

5）人格障碍与人格缺陷

人格障碍是长期固定的适应不良的行为模式，主要由压力产生。有两种典型的人格障碍。

（1）依赖型人格障碍：被动生活取向；

（2）反社会型人格障碍，主要表现为两种：

① 缺乏同情和关心；

② 缺乏羞耻心和罪恶感。

6）性偏差

性偏差是指少年性发育过程中的不良适应，如过度手淫、迷恋黄色书刊、早恋、不当性游戏、轻度性别认同困难等，一般不属于性心理障碍。但对这些不适应行为应给予有效的干预。

7）进食障碍

进食障碍包括神经性厌食、贪食和异食癖等，其中神经性厌食是一种由于节食不当而引起的严重体重失常。

8）睡眠障碍

睡眠障碍包括失眠、过度思睡、睡行症、夜惊、梦魇等。失眠可能由压力事件、脑力或体力劳动过度引起，也可能是神经症的伴生情况。

考点分析　　要重点掌握中小学生常见的各种心理问题的特征，能够结合实例判断问题的类型。本知识点可能的考查形式为填空题、选择题和辨析题。

3. 心理辅导

1）心理辅导概述

（1）心理辅导的目标

心理辅导，是指在一种新型的建设性的人际关系中，辅导教师运用其专业知识和技能，给学生以合乎其需要的协助与服务，帮助学生正确地认识自己，认识环境，依据自身条件确立有益于社会进步与个人发展的生活目标，克服成长中的障碍，增强与维持学生的心理健康，使其在学习、工作与人际关系各个方面形成良好适应。

考点分析　　本知识点为考试大纲中的"了解"类型的考点。本知识点可能的考查形式为填空题和选择题。

（2）心理辅导的原则

① 面向全体学生原则；

② 预防与发展相结合原则；

③ 尊重与理解学生原则；

④ 学生主体性原则；

⑤ 个别化对待原则；

⑥ 整体性发展原则。

考点分析

　　本知识点为考试大纲中的"理解"类型的考点。本知识点可能的考查形式为简答题。

（3）心理辅导的途径

在学校开展心理健康教育有以下几条途径：

① 开设心理健康教育有关课程；

② 开设心理辅导活动课；

③ 在学科教学中渗透心理健康教育的内容；

④ 结合班级、团队活动开展心理健康教育；

⑤ 个别心理辅导或咨询；

⑥ 小组辅导。

考点分析

　　本知识点为考试大纲中的"理解"类型的考点。本知识点可能的考查形式为简答题。

2）团体心理辅导

（1）团体辅导的概念

团体辅导是指在团体领导者的带领下，团体成员围绕某一共同关心的问题，通过一定的活动形式与人际互动，相互启发、诱导，形成团体的共识与目标，进而改变成员的观念、态度和行为。

考点分析

　　本知识点为考试大纲中的"了解"类型的考点。本知识点可能的考查形式为选择题和填空题。

（2）团体心理辅导的历程

① 确定团体辅导活动的主题和目标。

· 以开发潜能、健全人格、增进心理健康为目标；

· 以敏感性训练为主；

· 以矫治性为目标。

考点分析

　　本知识点为考试大纲中的"了解"类型的考点。本知识点可能的考查形式为选择题和填空题。

② 团体辅导活动方案设计。

③ 团体成员选择与发动。

④ 团体辅导活动的开展。

团体辅导活动的开展分为导入阶段、展开阶段和结束阶段。

- 导入阶段：这一阶段的活动着重于加强成员之间的认识和沟通，使成员之间建立相互信任的关系。
- 展开阶段：这一阶段的活动形式要根据辅导目的、问题类型和对象的不同而不同。
- 结束阶段：这一阶段往往容易被忽视，但有经验的辅导老师会充分而有效地把握住机会，"画龙点睛"地为团体辅导活动画上一个圆满的句号。

考点分析 本知识点为考试大纲中的"了解"类型的考点。本知识点可能的考查形式为选择题和填空题。

⑤ 团体辅导效果评估可以采用 3 种方式。

- 形成性评估：是指团体在进行过程中，通过观察、问卷等方法，了解成员在团体内的表现和团体特征，可以决定团体应该终结还是应该延续。
- 总结性评估：是指在团体结束时所作的评估，总结性评估的内容包括：了解团体成员对团体的满意程度，对团体活动的看法，对团体的感受，以及自己的行为变化，以便团体领导者客观评估团体辅导的成果。
- 追踪性评估：是指团体结束后三个月至两年内进行的评估，目的是了解团体效果能否持续，是否对团体成员本人或者其社会环境产生了有利或不利影响，同时也观察团体成员是否有满意的改变。

考点分析 本知识点为考试大纲中的"了解"类型的考点。本知识点可能的考查形式为选择题和填空题。

(3) 团体辅导的技巧

① 团体的领导技巧

反应技巧：目的是促进关系的建立，鼓励成员开放和表达，以促进他们的自我探索。具体包括积极倾听、同心理、澄清和提炼归纳。

交互作用技巧：能促进团体的互动更有效，更富有建设性意义。具体包括支持、联结、折中和阻止。

行动技巧：主要目的是促成成员积极的行动。具体包括发问、调节、示范和建议。

考点分析 本知识点为考试大纲中的"了解"类型的考点。本知识点可能的考查形式为选择题和填空题。

② 团体的互动技巧

反馈与控制：反馈是成员在团体中学习的重要资源，它能修正个人的想法、态度和行为，并直接影响团体行为的改变。控制是指个人的行为限制或引导其他的成员的行为，而自己也为其他人的言行所影响。

暗示：在无抗拒力条件下，人们对接收到的某种信息迅速地、无批判地加以接受，并依此作出行为反应的过程。

模仿：指有意或无意地对某种刺激作出类似反应的行为方式。

感染：通过某些方式引起他人相同的情绪和行动。

考点分析

本知识点为考试大纲中的"了解"类型的考点。本知识点可能的考查形式为选择题和填空题。

3）个体心理辅导

（1）学生行为改变的方法

① 强化法。强化法用来培养新的适应行为。根据学习原理，一个行为发生后，如果紧跟着一个强化刺激，这个行为就会再一次发生。例如，一个学生不敢同老师说话，学习上遇到了疑难问题也没有勇气向老师求教。当他一旦敢于主动向老师请教，老师就给予表扬，并耐心解答问题，这个学生今后就能学会主动向老师请教的行为方式。

② 代币奖励法。代币是一种象征性强化物，筹码、小红星、盖章的卡片、特制的塑料币等都可作为代币。当学生表现出教师所期待的良好行为后，教师发给他数量相当的代币作为强化物。学生用代币可以兑换有实际价值的奖励物或活动。代币奖励的优点是：可使奖励的数量与学生良好行为的数量、质量相适应，代币不会像原始强化物那样产生"饱"现象而使强化失效。

考点分析

考生应注意代币奖励法和强化法的区别，它们的区别主要在强化物的性质上，前者是象征性的强化物，而后者则是真实的强化。本知识点可能的考查形式为选择题、填空题和辨析题。

③ 行为塑造法。行为塑造指通过不断强化逐渐趋近目标的反应，来形成某种较复杂的行为。有时候教师所期望的行为在某学生身上很少出现或很少完整地出现，此时教师可以依次强化那些渐趋目标的行为，直到合意行为的出现。

④ 示范法。观察、模仿教师呈示的范例（榜样），是学生社会行为学习的重要方式。模仿学习的机制是替代强化。替代强化的含义是：当事人（学习者）因榜样受强化而使自己也间接受到强化。

⑤ 处罚法。处罚的作用是消除不良行为。处罚有两种：一是在不良行为出现后，呈现一个厌恶刺激（如否定评价、给予处分）；二是在不良行为出现后，撤销一个愉

快刺激。

⑥ 自我控制法。自我控制是让当事人自己运用学习原理,进行自我分析、自我监督、自我强化和自我惩罚,以改善自身行为。从理论指导来说。它是一种经过人本主义心理学改善过的行为改变技术。其好处是:强调当事人(学生)的个人责任感,增加了改善行为的练习时间。

⑦ 全身松弛训练(雅各布松)。全身松弛法,或称松弛训练,是通过改变肌肉紧张,减轻肌肉紧张引起的酸痛,以应对情绪上的紧张、不安、焦虑和气愤。使用全身松弛法的要点是,训练者要学会接受自身生理状态的信息,辨认肌肉紧张和放松的感觉,做肌肉的"紧张→坚持→放松"的练习,从紧张与放松的感觉对比中学会放松;对全身多处肌肉按固定次序依次放松;每月练习,坚持不断。

⑧ 系统脱敏法。系统脱敏的含义是,当某些人对某些事物、某种环境产生敏感反应(害怕、焦虑、不安)时,我们可以在当事人身上发展起一种不相容的反应,使其对本来可引起敏感反应的事物不再发生敏感反应。

⑨ 肯定性训练(自信训练、果敢训练)。其目的是促进个人在人际关系中公开表达自己真实的情感和观点.维护自己的权益,也尊重别人的权益,发展人的自我肯定行为。自我肯定行为主要表现在 3 个方面:

请求:请求他人为自己做某事,以满足自己合理的需要。

拒绝:拒绝他人无理要求而又不伤害对方。

表达:真实地表达自己的意见和情感。

考点分析 对于学生行为改变的方法要结合实例进行复习,要理解和掌握不同方法的区别,能够恰当使用。本知识点可能的考查形式为选择题、填空题、辨析题和简答题。

(2) 认知调适的方法(艾里斯)

艾里斯曾提出理性情绪的辅导方法,他认为人的情绪是由其思想决定的,理性的思想导致良性的情绪结果,非理性的思想导致不良的情绪。他还提出了认知调适的方法:

A:个体遇到的主要事实、行为、事件

B:个体对 A 的信念、观点

C:事件造成的情绪结果

C(我们的情绪反应)是由 B(我们的信念)直接决定的。可是许多人只注意 A 与 C 的关系,而忽略了 C 是由 B 造成的。B 如果是一个非理性的观念,就会造成负向情绪。若要改善情绪状态,必须驳斥非理性信念 B,建立新观念并获得正向的情绪效果。

考点分析 要理解是我们对现实的看法是否理性导致了我们的情绪结果是良性的还是非良性的,而不是我们遇到的事实导致了我们的情绪结果是良性的还是非良性的。本知识点可能的考查形式为选择题、填空题、辨析题和简答题。

12.1.3 教师心理健康

1. 常见的教师心理问题

1) 教师的适应不良

适应是个人与环境之间的互动关系,即个人与环境方面的要求取得协调一致所表现的状态与过程。而适应不良也就是个人与环境不能取得协调一致。

(1) 现实生活中的错误经验。

(2) 指导自己生活行为的准则和信条:当这些准则和信条可能是不现实的、过时的、似是而非的,或者是强调过分的,就可能导致适应不良。

2) 职业心理问题

有人将教师的职业心态分为以下 6 种:

(1) 事业型。深知教师辛苦、经济待遇不高,但还是乐于从事教育事业,愿做教师。

(2) 良心型。平时也有这样那样的意见甚至情绪,但是仍能努力工作,宗旨是要对得起学生。

(3) 情绪型。在工作遇到困难、不顺心、心情不愉快时,很想离开教育战线。

(4) 无奈型。也想从事其他工作,但没有合适的去处,只有从事教育,教好学生。

(5) 动摇型。很想离开学校,又怕找不到工作,或找到的工作还不如教师,因此拿不定主意。

(6) 离职型。不热爱教师工作,决心只要有机会就离开学校,从事其他工作。

考点分析 显然第一种职业心态是最好的。本知识点曾经以填空题的形式在正式考试中出现过。

3) 教师职业倦怠

职业倦怠指个体无法应付外界超出个人能量和资源的过度要求而产生的身心耗竭状态。

考点分析 要掌握职业倦怠的定义,本考点可能的考试形式是选择题和填空题。

4) 教师人际交往问题

(1) 对交往的重要性认识不清,很少与人交往和沟通;

(2) 缺乏必要的交往技能和手段,在交往中容易受阻;

（3）某些不良的个性特征也阻碍正常的交往。

5）人格缺陷

人格缺陷是介于正常人格与人格障碍之间的一种人格状态。可以说是人格发展的不良倾向。主要包括自卑、抑郁、孤僻、敌对、多疑和焦虑等。

6）教师常见的心身疾病

心身疾病又叫心理生理疾病，它是指与心理社会因素关系密切的躯体疾病。主要包括冠心病、原发性高血压、消化性溃疡病、紧张性头痛和偏头痛等。

7）教师常见的神经症

神经症是一种由于心理因素造成的常见病。一般没有任何可以查明的器质性病变，但又确实有心理异常的表现。主要表现为强迫症、焦虑症及神经衰弱等。

2. 影响教师心理健康的因素

1）工作满意度

教师的工作满意度是一个心理学的概念，它是教师对其工作、所从事的职业以及工作条件与状况的一种带有情绪色彩的总体感受与看法。

2）人格特征

3）角色冲突

理想教师与现实教师的冲突。

4）学校管理

5）社会的影响

社会变化；社会对教师的要求；教育及教育系统本身的变革。

3. 教师心理健康的维护

1）增强自我保健意识

（1）正确认识自我；

（2）增强自我职业观念。

2）应付压力

在压力不可避免的情况下，如何应对压力决定了适应的结果是积极的还是消极的。

3）社会支持

社会支持指个体经历的各种社会关系对个体的主观或客观的影响。在压力情境下，那些受到来自伴侣、朋友或家庭成员较高的心理或物力支持的人比受到较少支持的人心理更为健康。

4）专家的处理

自身无法解决自己的问题时求助于心理专家进行指导、诊断与治疗的过程。

5) 教师的休闲

考点分析 本知识点为考试大纲中的"理解"类型的知识点。本考点可能的考试形式为简答题。

12.2 本章模拟试卷及参考答案

一、选择题（每空 2 分，共 20 分）

1. 学习者因榜样受到强化而使自己也间接受到强化，我们称这种强化为（　　）。

    A. 直接强化　　　B. 替代强化　　　C. 具体强化　　　D. 概括强化

2. 学生中常见的焦虑反应是（　　）。

    A. 交往焦虑　　　B. 上学焦虑　　　C. 考试焦虑　　　D. 课堂焦虑

3. 儿童多动症是小学生中常见的一种以注意缺陷、活动过度和好冲动为主要特征的综合性障碍，其高峰发病年龄在（　　）。

    A. 3～5 岁　　　B. 5～7 岁　　　C. 8～10 岁　　　D. 12～13 岁

4. （　　）的目的是促进个人在人际关系中公开表达自己真实的想法、情感和观点，维护自己和别人的权益。

    A. 自我控制训练　　B. 肯定性训练　　C. 自我强化训练　　D. 自我监督训练

5. 首创全身松弛训练法的心理学家是（　　）。

    A. 斯金纳　　　B. 巴甫洛夫　　　C. 艾里斯　　　D. 雅各布松

6. 依据用心理学方法和技术搜集得来的资料，对学生的心理特征与行为表现进行评鉴，以确定其性质和水平并进行分类诊断的过程称为（　　）。

    A. 心理测验　　　B. 心理咨询　　　C. 心理辅导　　　D. 心理评估

7. 心理辅导的目标有两个，一是学会调试，二是（　　）。

    A. 行为矫正　　　B. 学会适应　　　C. 寻求发展　　　D. 克服障碍

8. 通过不断强化逐渐趋近目标的反应来形成某种较复杂的行为称为（　　）。

    A. 行为塑造　　　B. 行为训练　　　C. 行为矫正　　　D. 行为强化

9. 下面各项中（　　）不是心理健康的标准。

    A. 对现实的有效知觉　　　　　　B. 自我调控能力

    C. 智力超常　　　　　　　　　　D. 人格结构的稳定与协调

10. 在艾里斯的 ABC 理论中，"C"是指（　　）。

    A. 个体遇到的主要事实　　　　　B. 获得正向的情绪结果

    C. 事件造成的情绪结果　　　　　D. 个体对 A 的信念、观点

二、填空题（每空 2 分，共 20 分）

1. 所谓心理辅导，是指在一种新型的建设性的_____中，学校辅导教师运用其专业知识和技能，给学生以合乎其需要的协助与服务。

2. 儿童多动综合症是一种以_____和活动过度为主要特征的综合性障碍。

3. 以与客观威胁不相适应的焦虑反应为特征的神经症称为_____。

4. 反社会型人格障碍的主要表现是：（1）缺乏同情和关心；（2）_____。

5. _____是指团体在进行过程中，通过观察、问卷等方法，了解成员在团体内的表现和团体特征，可以决定团体应该终结还是应该延续。

6. _____是指在无对抗力条件下，人们对接受到的某种信息迅速地、无批判地加以接受，并依此作出行为反应的过程。

7. _____指个体无法应付外界超出个人能量和资源的过度要求而产生的身心耗竭状态。

8. 团体辅导活动的目标分为三类：（1）_____；（2）敏感性训练为主；（3）矫治性为目标。

9. 学习困难综合症是指_____正常或接近正常的儿童，因神经系统的某种或某些功能性失调，使其在听、读、写、算方面能力降低或发展较慢，以至陷入学习困难。

10. 1989 年，WTO 在健康的定义中增加了_____健康的内容。

三、辨析题（每题 5 分，共 20 分）

1. 健康就是指身体健康。

2. 李四同学一进校门就恐慌不安，总是千方百计地逃学旷课，这是学习焦虑症的表现。

3. 王五同学见李四同学不小心摔断了腿，他不仅毫无同情心，而且向其他同学说"摔死才好呢！"这是人格障碍或者说人格缺陷的表现。

4. 赵六同学怕猫，于是班主任老师先让他看猫的照片，再和他讲猫的故事，接着让他看关在笼子中的猫，靠近笼子中的猫，抚摸笼子中的猫，最后把猫搂在怀里。这是心理治疗中的行为塑造法。

四、简答题（每题 4 分，共 20 分）

1. 简述心理健康的标准。

2. 简述心理辅导的原则。

3. 简述学校心理辅导的途径。

4. 简述认知调适的方法。

5. 简述肯定训练法。

五、论述题（共 20 分）

论述影响教师心理健康的因素和促进教师心理健康的措施。

【模拟试卷参考答案】

一、选择题

题号	1	2	3	4	5	6	7	8	9	10
答案	B	C	C	B	D	D	C	A	C	C

二、填空题

1. 人际关系

2. 注意缺陷

3. 神经性焦虑症

4. 缺乏羞耻心和罪恶感

5. 形成性评估

6. 暗示

7. 职业倦怠

8. 开发潜能、健全人格

9. 智力

10. 道德

三、辨析题

1.【错误】。健康包括生理健康、心理健康和良好社会适应。

2.【错误】。这是学校恐怖症的表现。

3.【正确】。

4.【错误】。采用的方法为系统脱敏法。

四、简答题

1.

答：（1）对现实的有效知觉。

（2）自知自尊与自我接纳。

（3）自我调控能力。

（4）与人建立亲密关系的能力。

（5）人格结构的稳定与协调。

（6）生活热情与工作高效率。

2.

答：（1）面向全体学生原则；

（2）预防与发展相结合原则；

（3）尊重与理解学生原则；

（4）学生主体性原则；

（5）个别化对待原则；

（6）整体性发展原则。

3.

答：（1）开设心理健康教育有关课程。

（2）开设心理辅导活动课。

（3）在学科教学中渗透心理健康教育的内容。

（4）结合班级、团队活动开展心理健康教育。

（5）个别心理辅导或咨询。

（6）小组辅导。

4.

答：艾里斯用 A 表示个体遇到的主要事实、行为、事件，用 B 表示个体对 A 的信念、观点，用 C 表示事件造成的情绪结果。艾里斯认为 C（我们的情绪反应）是由 B（我们的信念）直接决定的。可是许多人只注意 A 与 C 的关系，而忽略了 C 是由 B 造成的。B 如果是一个非理性的观念，就会造成负向情绪。若要改善情绪状态，必须驳斥非理性信念 B，建立新观念并获得正向情绪效果。

5.

答：肯定性训练的目的是促进个人在人际关系中公开表达自己真实的情感和观点，维护自己的权益，也尊重别人的权益，发展人的自我肯定行为。自我肯定行为主要表现在 3 个方面：

（1）请求：请求他人为自己做某事，以满足自己合理的需要。

（2）拒绝：拒绝他人无理要求而又不伤害对方。

（3）表达：真实地表达自己的意见和情感。

五、论述题

答：影响教师心理健康的因素主要有：

（1）工作满意度：教师的工作满意度是一个心理学的概念，它是教师对其工作与所从事职业以及工作条件与状况的一种带有情绪色彩的总体感受与看法。

（2）人格特征。

（3）角色冲突：理想教师与现实教师的冲突。

（4）学校管理。

（5）社会的影响：社会巨变、变化、社会对教师的要求、教育及教育系统本身的变革。

促进教师心理健康的措施如下。

（1）增强自我保健意识：教师要正确认识自我，还要增强自我职业观念。

（2）应付压力：当压力不可避免时，如何看待压力就至关重要了。

（3）社会支持：指个体经历的各种社会关系对个体的主观或客观的影响。

（4）专家的处理：自身无法解决自己的问题时，求助于心理专家进行咨询、诊断与治疗的过程。

（5）教师的休闲。

第13章

教学目标与教学评价

13.1　本章考核知识点分析

【本章考核目标】

1. 了解教学目标、教学评价的含义。

2. 理解教学目标、教学评价的作用、分类和方法。

3. 掌握教学评价的技术和评价结果的处理。

13.1.1　教学目标

1. 教学目标的定义

教学目标是对学习者通过教学后应该表现出来的可见行为的具体明确的表述。教学目标也称为行为目标,其具有可见性和可测量性。

考点分析　本考点是考试大纲中的"了解"类型的知识点。考生应了解可见性和可测量性是教学目标的两个基本特性。本知识点可能的考查形式为填空题和选择题

2. 教学目标的分类

1) 加涅的教学目标分类

加涅在《学习的条件》一书中对学习结果进行了分类。他提出了 5 种学习结果:言语信息、智力技能、认知策略、动作技能和态度。

(1) 言语信息

言语信息包括名称、符号、事实和原则,为了使言语信息的学习得以发生,言语信息的内容对学习者必须是有意义的。教授言语信息应将新的信息与学习者原有的知识相联系。言语信息的学习是通过让学习者给词下定义等方式进行评价。

（2）智力技能

智力技能作为一类学习的结果，是指学习者通过学习获得了使用符号与环境相互作用的能力。智力技能与言语信息不同，言语信息与知道"是什么"有关，而智力技能则与知道"怎样做"有关。如知道什么是分数和小数，是言语信息的学习结果，而掌握分数和小数的概念以及怎样把分数化为小数，就是智力技能的学习结果。言语信息的学习是从不知到知，由知之甚少到知之甚多的过程，智力技能的发展则是从简单到复杂、从低级到高级的过程。智力技能可以细分为若干小类，较简单的是辨别技能，进一步是形成概念。在形成概念的基础上学会使用规则。智力技能的最高形式是高级规则的获得，这与解决问题的能力有关。

（3）认知策略

认知策略是"学习者借以调节他们自己的注意、感知、记忆和思维等内部心理过程的技能。"上面所述的智力技能是运用符号处理问题的能力，即处理外部世界的能力，而认知策略是自我控制与调节的能力，即处理内部世界的能力。学习者通过认知策略指挥他自身对环境中刺激物的一定特点予以注意，对学习的事物进行选择和编码，对学习所得进行检索。学习者的认知策略还影响他对已掌握的言语信息和智力技能的综合思考，以提出解决问题的高级规则。可以说，认知策略是学习者"使用脑子"管理或操作自己学习过程和解决问题的方式。

（4）动作技能学习结果

动作技能亦称运动技能，是一种习得能力，以此技能为基础的行为结果表现为身体运动的迅速、准确、力量或连贯等方面，如乐器演奏、绘画、实验操作、打球等。动作技能也可存在于不使用器具或设施的活动中，如竞走、练拳、唱歌、舞蹈等活动中也有动作技能。

（5）态度类学习结果

态度是人们对于事情的看法和采取的行动。作为一种学习结果，在教育心理学中态度被定义为：习得的、影响个人对特定对象作出行为选择的有组织的内部准备状态。特定对象包括事物、人和活动。当教学目标是使学习者形成先前未有的态度、或改变当前积极的或消极的态度时，这意味着我们要求学习者从事一项有关态度的学习任务。态度包括认知成分、情感成分和行为倾向成分。

考点分析

考生应能根据实例判断学习的类型。本知识点可能的考查形式为填空题、选择题和简答题。

2）布卢姆的教学目标分类

布卢姆等将教学目标分为认知学习领域、动作技能学习领域和情感领域3个方面。每一领域由多个亚类别组成，子类间具有层次性。学习过程由下层向高层发展，下层目标是上层目标的支撑。

（1）认知学习领域目标分类

认知领域的目标是指知识的结果，包括知道、理解、运用、分析、综合和评价（见表13-1）。

表13-1　布卢姆认知学习领域目标分类

序号	名称	解　释
1	知道	对先前学习过的知识材料的回忆，包括具体事实、方法、过程、理论等的回忆。例如，能够叙述牛顿三大定律
2	理解	把握知识材料意义的能力。可借助3种形式来表明：一是转换，即用自己的话或用与原先表达方式不同的方式来表达所学的内容。例如，说出一个词的同义词或近义词、对一个抽象概念举例、古文或外文的翻译等。二是解释，即对一项信息（如图表、数据等）加以说明或概括。例如，对数学公式含义的说明、对文章大意的概括等。三是推断，即预测发展的趋势。例如，让学生判断放在光滑水平面上的小球受到一个推力作用时将如何运动等
3	运用	把学到的知识应用于新的情境。例如，运用运算法则解题，运用所学的电学知识安装电路电灯，法语教学中运用造词法写出一个单词不同词性的系列词汇等
4	分析	把复杂的整体材料分解为组成部分，并理解各部分之间的联系的能力。例如，分析数学定理所给出的条件和结论、外语中复合句的构成成分、记叙文构成要素分析等
5	综合	将所学知识的各部分重新组合，形成一个新的知识整体。例如，通过一系列的实验观察，引导学生归纳出自由落体运动的规律和公式；在外语教学中，引导学生通过所学的词汇归纳造词法等
6	评价	对材料（如论文、小说、诗歌、研究报告等）做价值判断的能力。例如，能判断自己所证明的几何题目的正确性

（2）动作技能学习领域分类

涉及骨骼和肌肉的运用、发展和协调。在实验课、体育课、职业培训、军事训练等科目中，这常是主要的教学目标（见表13-2）。

表13-2　布卢姆动作技能学习领域目标分类

序号	名称	解　释
1	感知	是指运动感官获得信息以指导动作，主要了解某动作技能的有关知识、性质、功用等
2	准备	是指对固定动作的准备，包括心理定向、生理定向和情绪准备（愿意活动）。感知是其先决条件，我国有人把感知和准备阶段统称为动作技能学习的认知阶段
3	有指导的反应	是指复杂动作技能学习的早期阶段，包括模仿和尝试错误。通过教师评价或一套适当的标准可判断操作的适当性

序号	名称	解　释
4	机械动作	是指学习者的反应已成习惯,能以某种熟练和自信的水平完成动作。这一阶段的学习结果涉及各种形式的操作技能,但动作模式并不复杂
5	复杂的外显反应	是指包含复杂动作模式的熟练操作。操作的熟练性以精确、迅速、连贯协调和轻松稳定为指标
6	适应	是指技能的高度发展水平,学习者能修正自己的动作模式以适应特殊的设施或满足具体情境的需要
7	创新	是指创造新的动作模式以适合具体情境。要有高度发展的技能为基础才能进行创新

(3) 情感学习领域分类

情感是对外界刺激的肯定或否定的心理反应,如喜欢、厌恶等。个体的情感会影响他做出行为上的选择。情感学习对于形成或改变态度、提高鉴赏能力、更新价值观念、培养高尚情操等密切相关。这是教育的一个重要领域,然而,这个领域的学习目标却不容易编写。情感学习领域的教学目标分层见表13-3。

表 13-3　布卢姆情感学习领域的教学目标分层

序号	名称	解　释
1	接受或注意	是指学习者愿意注意某特定的现象或刺激。例如静听讲解,参加班级活动,意识到某问题的重要性等
2	反应	指学习者主动参与,积极反应,表示出较高的兴趣。例如,完成教师布置的作业,提出意见和建议,参加小组讨论,遵守校纪校规等
3	评价	指学习者用一定的价值标准对特定的现象、行为或事物进行评判。它包括接受或偏爱某种价值标准和为某种价值标准作出奉献。例如,欣赏文学作品,在讨论问题中提出自己的观点,刻苦学习外语等
4	组织	指学习者在遇到多种价值观念呈现的复杂情境时,将价值观组织成一个体系,对各种价值观加以比较,确定它们的相互关系及它们的相对重要性,接受自己认为重要的价值观,形成个人的价值观体系。例如,先处理集体的事,然后考虑个人的事;或是形成一种与自身能力、兴趣、信仰等协调的生活方式等
5	价值与价值体系的性格化	指学习者通过对价值观体系的组织,逐渐形成个人的品性。各种价值被置于一个内在和谐的构架之中,并形成一定的体系。个人言行受该价值体系的支配;观念、信仰和态度等融为一体,最终的表现是个人世界观的形成。达到这一阶段以后,行为是一致的和可以预测的。例如,保持谦虚态度和良好的行为习惯,在团体中表现出合作精神等

考点分析

布卢姆的教学目标分类中,认知目标分类为考试的重点。考生应能根据实例判断认知目标的类型。本知识点可能的考查形式为填空题、选择题和简答题。

人物简介

本杰明·布卢姆（Benjamin S. Bloom）
——著名的教育家和心理学家（1913—1999）

本杰明·布卢姆是美国当代著名的教育家和心理学家,1913 年 2 月 21 日出生于美国宾夕法尼亚州的兰斯富。1935 年 2 月和 6 月,布卢姆先后在宾夕法尼亚州大学取得文学学士学位和理科硕士学位。1942 年 3 月,布卢姆在芝加哥大学获得教育博士学位。从 1940 年起,布卢姆开始在芝加哥大学考试委员会担任职员。3 年后（1943 年）成为该大学的主考,并在这个职位上服务了 16 年,直到 1959 年才离开。

布卢姆从 1944 年起开始在芝加哥大学的教育系任教,并在 1970 年被任命为教授。布卢姆曾经多次以教育顾问的身份为以色列、印度等很多个国家的政府部门提供服务。这些经历对布卢姆的生活和事业有着重要的影响。从芝加哥大学退休后,布卢姆曾在美国的西北大学从事教学和研究工作。1999 年 9 月 13 日布卢姆在睡梦中去世,享年 86 岁。

布卢姆早期专注于考试、测量和评价方面的研究,20 世纪 70 年代后从事学校学习理论的研究。1965 至 1966 年担任美国教育研究协会（AERA）的主席,并且是国际教育成绩评价协会（IEA）的创始人之一。由于布卢姆在教育研究领域所做的突出贡献,他在 1968 年获得约翰·杜威学会颁发的杜威奖,1972 年获得美国心理学会颁发的桑代克奖。布卢姆一生著作颇丰,其主要代表著作有：《教育目标分类学·第一分册：认知领域（Taxonomy of Educational Objectives；HandbookⅠ：Cognitive Domain）》（1956,与人合作）、《教育目标分类学·第二分册：情感领域（Taxonomy of Educational Objectives；Handbook Ⅱ：Affective Domain）》（1964,与人合作）、《人的特征的稳定性与变化（Stability and Change in Human Characteristics）》（1996）、《学生学习的形成性评价与总结性评价手册（Handbook on Formative and Summative Evaluation of Student Learning）》（1971,与人合编）、《人的特征与学校学习（Human Characteristics and School Learning）》（1976）、《我们的所有儿童都能学习（All Our Children Learning）》（1981）、《为改善学习而评价（Evaluation to improve learning）》（1981）等。

13.1.2　教学评价

1. 教学评价的定义与作用

1) 教学评价的定义和目的

教学评价是依据教学目标对教学过程有系统地收集、综合和解释并对其进行价值判断的过程。

教学评价的目的是对课程、教学方法以及学生培养方案进行分析,作出决策。

2) 教学评价的作用

(1) 诊断作用:对教学过程和教学结果进行评价,可以了解教学各方面的情况,从而判断教师的教学质量和水平、成效和缺陷。

(2) 激励作用:教学评价对教师的教和学生的学都具有监督和强化作用。

(3) 调节作用:教师可以根据教学评价的结果调整自己的教学计划和教学行为;学生可以根据教学评价的信息反思自己的学习过程,改进自己的学习方法。

(4) 教学作用:教学评价本身就是一种教学活动。

考点分析　　考生应理解教学评价对教师和学生都是有作用的。本知识点可能的考查形式为填空题、选择题、辨析题和简答题。

2. 教学评价的分类

1) 形成性评价和总结性评价

按评价时间不同分为形成性评价和总结性评价。

(1) 形成性评价指的是其结果能够指导以后的教学与学习的评价。形成性评价通常在教学过程中实施。

(2) 总结性评价,或称终结性评价,指的是在每一单元或每一课后. 为了判断学生在该单元(课)中学到的技能和知识而作的评价。通常在一门课程或教学活动结束后(如一个单元、章节、科目或学期)进行。

2) 常模参照评价和标准参照评价

按对结果的解释不同分为常模参照评价和标准参照评价。

(1) 常模参照评价指的是教师根据学生所在团体的平均成绩为参照标准(即所谓常模),说明某一学生在学生团体中的相对位置,将学生分类排队。它着重在个人之间进行比较。

(2) 标准参照评价是以具体体现教学目标的标准作业为准,看学生是否达到标准以及达标的程度如何,是用学生学习的结果与标准去比较,而不是比较不同学生之间的差异。

考点分析　考生应清楚中考和高考等考试属于常模参照评价,而会考等考试属于标准参照评价。本知识点可能的考查形式为填空题、选择题和辨析题。

3)配置性评价和诊断性评价

按教学评价的功能不同分为配置性评价和诊断性评价。

(1)配置性评价,或称准备性评价,一般在教学开始前进行,摸清学生的现有水平及个别差异,以便安排教学。通过配置性评价,教师可以了解学生对新学习任务的准备状况,确定学生当前的基本能力和起点行为。

(2)诊断性评价,有时与配置性评价意义相当,指了解学生的学习基础与个体差异;有时指对经常表现学习困难的学生所作的评价,多半是在形成性评价之后实施。

考点分析　考生应能根据实例判断教学评价的类别。本知识点可能的考查形式为填空题、选择题和辨析题。

3. 教学评价的方法和技术

教学评价的技术分为标准化成就测验、教师自编测验和非测验评价技术,见图 13-1。

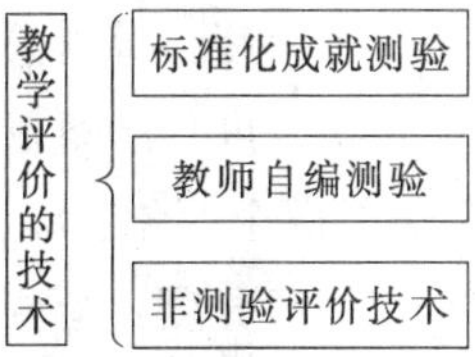

1)标准化成就测验

标准化成就测验是指以标准化方式命题、施测、计分和进行解释的评价技术。

其优点如下:

(1)客观性:由于测验在编制过程中采取了很多特别的技术手段,控制很多的指标,其客观、严谨的程度要远高于教师自编的测验;

图 13-1　教学评价的技术

(2)计划性:专家在编制标准化测验时,已经考虑到所需的时间和经费,并规定了测验的施测程序,因此标准化测验比大部分的课堂测验更有计划性;

(3)可比性:标准化测验由于具有统一的参照标准,使得不同考试的分数具有可比性。

其缺点如下:

(1)测验内容过于狭窄,形式过于单一;

(2)脱离情景,脱离真实世界;

(3)测验被滥用;

(4)不能评价解决问题的能力。

考点分析 考生应明确标准化成就测验的特点和优缺点。本知识点可能的考查形式为填空题、选择题和简答题。

2）教师自编测验

（1）自编测验的含义

教师自编测验是由教师根据自己在教学各个阶段的需要，依据教学目标、教材内容和评价目的自行设计与编制的测验，是为特定的教学服务的。

自编测验的原则如下。

① 测验应能测量出明确界定的学习结果，忠实反映教学目标；

② 测验应能测量出预期的学习结果和教材的代表样本；

③ 测验应依据所预期的学习结果来选择试题类型；

④ 测验的编制应配合其特殊用处以提高测验的成效；

⑤ 测验要有效、可靠。

考点分析 考生应掌握教师自编测验的特点和原则。本知识点可能的考查形式为填空题、选择题和简答题。

（2）有效自编测验的特征

① 信度：指测验的可靠性，即多次测验分数的稳定、一致的程度。

② 效度：指测量的正确性，即一个测验能够测量出其所要测量的东西的程度。它包括两个要素：a.测什么；b.是否准确。

③ 区分度：指测验项目对所测量属性或品质的区分程度或鉴别能力。

考点分析 考生应理解有效自编测验的特征。考生应明确效度的重要性大于信度。教师自编测验应首先保证效度并兼顾信度和区分度。本知识点可能的考查形式为填空题、选择题和简答题。

（3）教师自编测验的类型

教师自编测验的类型见图 13-2。

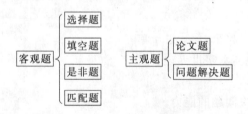

图 13-2 教师自编测验的类型

① 客观题

客观题是可以客观地计分,即不同的评分者虽然各自评分,但由于评价标准固定,所评的结果是相同的。客观题一般包括以下 4 种类型。

a. 选择题

选择题由题干和选项两部分构成。

良好的选择题题干应该明确简单,而选项又深具迷惑性。

选择题可以测查教学目标系列中的高于知识水平的任何等级。

b. 填空题

填空题可以考查学生对知识的回忆。

填空题可以将猜测的程度降到最低。

c. 是非题

是非题的优点是简捷,可以在短时间内完成大量的题目。

其缺点是可以猜测,在完全猜测的情况下也有 50% 的正确可能。

编制是非题的原则如下。

- 措辞严密;
- 少用否定句;
- 避免同时考查两个概念;
- 平衡答案种类;
- 保持题目长度相近。

d. 匹配题

匹配题的优点是形式简单,能够有效地测查学生对知识联系的掌握情况,易于计分。

其缺点是只能用于测查彼此存在着简单关系的知识。

② 主观题

主观题要求学生自己组织材料,并采用合适的方式陈述出来。教师在评分时要根据学生回答的情况进行判断,给出不同的分值,不仅仅依据其答案的正确与否给满分或零分。主观题包括以下两种类型。

a. 论文题

要求学生用文字论述方式阐述观点的题目。包括有限制的问答题和开放式论文两类。

论文题用于对组织能力、分析综合能力、文字表述能力的测查。

其缺点是难于给学生公正的评分。

b. 问题解决题

向学生提供一定的问题情境和目标情境,要求学生通过对知识进行组织、选择和运用等复杂的程序来解决问题。

问题解决题可以考查高级思维能力。

其缺点是费时费钱,主观性大。

考点分析　考生应掌握教师自编测验的各种题型的特点。本知识点曾经以选择题、填空题和简答题形式多次出现在正式考试中。

3) 非测验评价技术

(1) 档案袋评价

档案袋评价也称做成长记录袋,是指教师依据教学目标请学生持续一段时间主动收集、组织与反思学习成果的档案,以评价其努力、进步、成长的状态。它的重要特征之一是它可以不断更新,以反映学生的个人成就和进步情况。

档案袋评价分为最佳成果记录、选择性记录和过程记录。

(2) 观察

通过教学过程中的非正式观察,教师也能够搜集到关于学生学业成就的大量信息。

① 行为检查单:教师可以使用检查单来记录其在教学中的观察结果。

② 轶事记录是描述所观察的事件。其优点是可提供详细的信息;缺点是费时,可能主观。

③ 等级评价量表:该方法对于连续性的行为可能更为有效。

(3) 情感评价

① 态度目标:包括学生对学科的态度、对学习的积极态度、对自我的积极态度、对自我作为学习者的态度以及对不同于我们的其他人的合适的态度。

② 价值目标:在学校中需要考察的价值目标应该包括诚实、正直和公平。

考点分析　本知识点可能的考查形式为填空题、选择题和简答题。

4) 教学评价结果的处理与报告

(1) 评分:必须以一定的标准为依据。

① 绝对标准是以学生所学的课程内容为依据。

② 相对标准:以其他学生的成绩为依据,对应于常模参照评价。

(2) 合格与不合格:有些课程可以采用合格与不合格来评价学生的成就。

(3) 其他报告方式:除了常用的评分方法,教师还可以使用其他方式来报告学生的学习成果,如评语、观察报告和会谈等。

考点分析　本知识点可能的考查形式为填空题、选择题和简答题。

13.2　本章模拟试卷及参考答案

一、选择题（每题 2 分，共 20 分）

1. 系统地收集有关学生学习行为的资料，参照预定的教学目标对其进行价值判断的过程称为（　　）。

　　A. 教学测验　　　B. 教学评价　　　C. 教学测量　　　D. 教学鉴定

2. 在教学过程中，学生对自己的学习状况进行自我评估或者凭教师的平常观察记录或与学生的面谈而进行的教学评价属于（　　）。

　　A. 配置性评价　　B. 形成性评价　　C. 诊断性评价　　D. 总结性评价

3. 通常在一门课程或教学活动结束后，对一个完整的教学过程进行的测定称为（　　）。

　　A. 配置性评价　　B. 形成性评价　　C. 诊断性评价　　D. 总结性评价

4. 以学生所在团体的平均成绩为参照标准，根据其在团体中的相对位置来报告评价结果的评价方式称为（　　）。

　　A. 常模参照标准　　B. 正式评价　　　C. 标准参照评价　　D. 非正式评价

5. 基于某种特定的标准，评价学生对于教学密切关联的具体知识和技能的掌握程度的评价方式称为（　　）。

　　A. 常模参照标准　　B. 正式评价　　　C. 标准参照评价　　D. 非正式评价

6. 在教学开始前进行，为了解学生对新学习任务的准备状况，确定学生当前的基本能力和起点行为的评价称为（　　）。

　　A. 配置性评价　　B. 形成性评价　　C. 诊断性评价　　D. 总结性评价

7. 通过对学生的家庭作业或课堂练习、论文、日记、手工制作的模型绘画等各种作品进行考察、分析并形成某种判断和决策的过程称为（　　）。

　　A. 个案研究　　　B. 观察分析　　　C. 案卷分析　　　D. 成长记录袋

8. 模拟测验在多次实施后所得的分数的稳定一致程度称为（　　）。

　　A. 信度　　　　　B. 效度　　　　　C. 难度　　　　　D. 区分度

9. 一个测验能够测量出所要测量的东西的程度称为（　　）。

　　A. 信度　　　　　B. 效度　　　　　C. 难度　　　　　D. 区分度

10. 测验项目对所测量属性或品质的鉴别能力称为（　　）。

　　A. 信度　　　　　B. 效度　　　　　C. 难度　　　　　D. 区分度

二、填空题（每空 1 分，共 20 分）

1. 依据对教学评价的解释，教学评价可分为_____和_____。

2. 教学评价具有诊断、_____、调节和_____功能。

3. 依据评价的严谨程度,教学评价可分为_____和_____。

4. 考察测验有效性的指标主要有_____、效度和区分度。

5. 教学评价内容包括_____、情感和_____3个方面。

6. 教师自编主观题的类型包括_____和_____两类。

7. 按照标准化程序,由专家和学者所编制的适用于大规模范围内评定个体学业成就水平的测验称为_____。

8. 标准化成就测验的优越性表现在具有_____、_____和可比性。

9. 区分度是指测验项目对所测量属性或品质的_____或_____。

10. 教学评价技术包括标准化成就测验、_____和_____。

11. 选择题由_____和_____两部分构成。

三、辨析题(每题5分,共20分)

1. 在编写测验时,试卷的效度比信度更重要。

2. 高考属于标准参照测验,而会考属于常模参照评价。

3. 档案袋评价可以反映学生个人成就和进步情况。

4. 使用主观题对学生进行测查具有较大的主观性,应尽量避免使用。

四、简答题(每题4分,共20分)

1. 简述标准化成就测验的优势和问题。

2. 简述加涅的学习结果分类。

3. 简述教师自编测验应遵循的原则。

4. 简述非测验评价技术。

5. 简述如何编写良好的是非题。

五、论述题(共20分)

论述标准化成就测验与教师自编测验之间的异同。

【模拟试卷参考答案】

一、选择题

题号	1	2	3	4	5	6	7	8	9	10
答案	B	B	D	A	C	A	D	A	B	D

二、填空题

1. 标准参照评价,常模参照评价

2. 激励,教育

3. 正式评价,非正式评价

4. 信度

5. 知识,技能

6. 论文题,问题解决题

7. 标准化成就测验

8. 客观性,计划性

9. 区分程度,鉴别能力

10. 教师自编测验,非测验评价技术

11. 题干,选项

三、辨析题

1.【正确】。

2.【错误】。会考属于标准参照测验,而高考属于常模参照评价。

3.【正确】。

4.【错误】。主观题对考察高级思维技能十分有效。可以采取一定措施降低主观性。

四、简答题

1.

答:标准化成就测验的优点如下。

(1)客观性:由于测验在编制过程中采取了很多特别的技术手段,控制很多的指标,其客观、严谨的程度要远高于教师自编的测验。

(2)计划性:专家在编制标准化测验时,已经考虑到所需的时间和经费,并规定了测验的施测程序,因此标准化测验比大部分的课堂测验更有计划性。

(3)可比性:标准化测验由于具有统一的参照标准,使得不同考试的分数具有可比性。

标准化成就测验的局限性是:测验内容过于狭窄、形式过于单一;脱离情景,脱离真实世界;测验被滥用;不能评价解决问题的能力。

2.

答:加涅将学习结果分为言语信息、智力技能、认知策略、动作技能和态度。

(1)言语信息:包括名称、符号、事实和原则,为了使言语信息的学习得以发生,言语信息的内容对学习者必须是有意义的。

(2)智力技能:是指学习者通过学习获得了使用符号与环境相互作用的能力。

(3)认知策略:是学习者借以调节他们自己的注意、感知、记忆和思维等内部心理过程的技能。

(4)动作技能:亦称运动技能,是一种习得能力,以此技能为基础的行为结果表现为身体运动的迅速、准确、力量或连贯等方面,如乐器演奏、绘画、实验操作、打球等。

(5)态度:是人们对于事情的看法和采取的行动。在教育心理学中态度被定义为:习得的、影响个人对特定对象作出行为选择的有组织的内部准备状态。特定对象包括事物、人和活动。

3.

答:自编测验的原则如下。

(1)测验应能测量出明确界定的学习结果,忠实反映教学目标;

(2)测验应能测量出预期的学习结果和教材的代表样本;

(3)测验应依据所预期的学习结果来选择试题类型;

(4)测验的编制应配合其特殊用处以提高测验的成效;

(5)测验要有效、可靠。

4.

答:非测验评价技术分为以下3类。

(1)档案袋评价

档案袋评价也称做成长记录袋,是指教师依据教学目标请学生持续一段时间主动收集、组织与反思学习成果的档案,以评价其努力、进步、成长的状态。它的重要特征之一是它可以不断更新,以反映学生的个人成就和进步情况。

档案袋评价分为最佳成果记录、选择性记录和过程记录。

(2)观察

通过教学过程中的非正式观察,教师也能够搜集到关于学生学业成就的大量信息。

① 行为检查单:教师可以使用检查单来记录其在教学中的观察结果。

② 轶事记录:是描述所观察的事件。它可以提供详细的信息。其缺点是费时,可能主观。

③ 等级评价量表:对于连续性的行为可能更为有效。

(3)情感评价

① 态度目标:包括学生对学科的态度、对学习的积极态度、对自我的积极态度、对自我作为学习者的态度以及对不同于我们的其他人的合适的态度。

② 价值目标:在学校中需要考察的价值目标应该包括诚实、正直和公平。

5.

答:编写是非题的原则如下。

(1)措辞严密;

(2)少用否定句;

(3)避免同时考查两个概念;

（4）平衡答案种类；

（5）保持题目长度相近。

五、论述题

答：标准化成就测验是指以标准化方式命题、施测、计分和进行解释的评价技术。

教师自编测验是由教师根据自己在教学各个阶段的需要，依据教学目标、教材内容和评价目的自行设计与编制的测验，是为特定的教学服务的。

标准化成就测验和教师自编测验的主要不同之处体现在以下几方面。

（1）编制者不同：教师自编测验由任课教师编写；而标准化成就测验由专家组编写。

（2）编制目的不同：教师自编测验通常是满足教师个人的特定需要，比如检查学生的学习情况；而标准化成就测验通常是以大面积比较为目的，比如中考和高考。

（3）使用的范围不同：教师自编测验使用范围小；而标准化成就测验的使用范围很大，并可以横向比较。

二者的相同之处体现在以下两点。

（1）都要保证试卷的信度、效度和区分度。

（2）所使用的题型相同，包括客观题（选择题、填空题、是非题和匹配题）和主观题（论文题和问题解决题）等。